꿈꾸는 대로

꿈꾸는 대로

초판 1쇄 발행 2025년 12월 10일

지은이	편집	펴낸곳
문아람	심지연	라이프얼티밋

펴낸이	디자인	출판등록
박영은	로컬앤드	2025년 4월 24일

기획	인쇄·제작	이메일
이진아콘텐츠컬렉션	올북컴퍼니	lifeultimate320@gmail.com

인스타그램
@lifeultimate_official

ISBN
979-11-995614-0-3 03810

꿈꾸는 대로

삶이라는 무대에 건네는
꿈의 초대장

문아람
지음

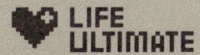
LIFE
ULTIMATE

목차

커튼콜

또 다른 초대장

첫 번째 숨은 엄마 뱃속에서 멈췄다.
두 번째 숨은 세상에서 시작됐다.

기계의 도움과 부모님의 간절한 기도 덕분에
나는 다시 숨을 쉬게 됐다.

그래서 알았다.
태어났기 때문에 살아가는 것이 아니라
숨을 얻었기에 살아갈 기회를 얻었다는 것을.

태어났다는 것은 나만의 무대가 주어졌다는 의미이다.
살아간다는 것은 그 무대를 빚어가고 넓혀가는 과정이다.

사람은 태어난 곳도, 시간도, 배경도 다르다.
태어나면서 받은 무대의 크기, 배경, 조명 역시 제각각이다.
그래서 각자의 무대는 애초에 비교할 수 없다.

무대의 시작과 모습은 달라도,
주인이 어떤 선택을 하느냐에 따라
그 무대는 무한히 달라진다.

비교보다 필요한 것은 준비다.
나만의 무대를 빚어갈 간절함,
기회를 붙잡을 준비다.

지금 내가 서 있는 이곳에서
무대는 이미 시작되어 있었다.
갑자기 불려 나온 자리가 아니었다.

나는 늘 무대에 있었고,
내 발자국과 함께 무대는 변해왔다.

무너진 적도 있었고,
구석에 웅크린 적도 있었다.
타인이 주인 행세를 한 적도 있었다.
그래도 무대는 무대였다.

그리고 나는 꿈을 만난 순간부터,
누가 시키지도, 가르쳐주지도 않았지만
자연스레 무대를 중심으로 살아왔다.

CHANG

지금 나는 무대에서 수십 명, 때로는 수천 명과 만난다.
간절히 잘하고 싶지만 떨리지 않는다.
오래 바라던 무대에 서 있다는 신남과 즐거움 덕분이다.

무대 밖에서는 무대를 기획하고 구성하고 연출하고,
무대 안에서는 피아노를 연주하며 청중과 소통한다.

청중에게 내 언어를 전하며
무대의 시작부터 끝까지 모든 장면을 내 눈에 담는다.

나는 단순히 피아노만 연주하는 연주자가 아니다.
할 수 있는 모든 것을 무대에 쏟아내며
그 순간을 즐기고, 날마다 감격한다.

꿈이 있어도, 꿈꾸는 인생 무대가 있어도
시작은 누구나 떨린다.

막막함이 주는 걱정의 떨림,
가보지 않은 길 앞에서 느끼는 두려움의 떨림,
평가와 기대가 주는 부담의 떨림.

이런 떨림은 '누구나' 경험하지만,
그 떨림을 딛고 앞으로 나아가는 사람은 '아무나'가 아니다.
우리는 떨림을 설렘으로 바꿀 수 있다.

일상에서 반복해 꿈을 그리고 상상하며,
작은 꿈들을 하나씩 이루어가며,
떨림을 설렘으로 바꾸어간다.

초
대
장

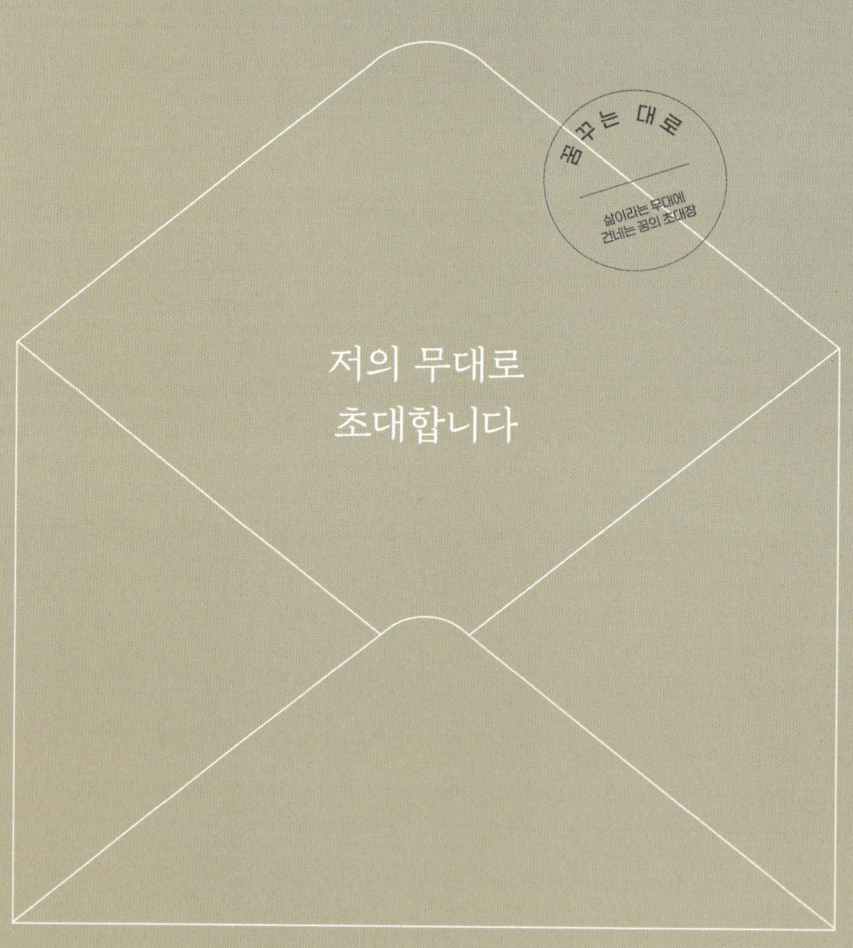

꿈꾸는 대로

삶이라는 무대에
건네는 꿈의 초대장

저의 무대로
초대합니다

저는 꿈을 이뤘습니다.

제가 '꿈을 이뤘다'라고 말하는 건, 단순한 목표 달성과는

다른 이야기입니다.

저는 남의 무대에서 손님으로 사는 대신, 제 무대를 만들고

넓혀 갔습니다. 때로는 다른 무대와 협업하고,

때로는 경계를 허물며 함께 성장했죠.

나만의 무대가 있으면 방황하지 않습니다.

우울할 틈도 없어요. 내 무대를 가꾸느라 바쁘거든요.

무언가를 결정할 때도 중심을 잡을 수 있습니다.

신기한 건, 내가 무대를 돌볼수록 무대도 나를 주인으로

만들어 준다는 거예요.

마치 "돌봐줘서 고마워, 포기하지 않아 줘서 고마워"라고

보답하듯이요. 생각해 보면 당연한 일입니다.

무대가 빛날수록 그 위에 선 주인도 빛나 보이니까요.

카페를 운영하는 사람에게는 카페가 무대입니다.

공간을 사랑하고, 손님을 환영하고, 정성껏 메뉴를 만드는 것.

이 모든 건 사업을 위해서, 손님을 위해서이기도 하지만

결국 자신을 위한 일이죠. 내 무대를 좋아하는 사람이

늘어날수록, 행복한 기억을 안고 돌아가는 손님이 많아질수록,

무대의 주인은 박수받게 됩니다.

무대는 계속 변합니다.

하지만 그건 변덕이 아니라 '진짜 내 무대'를 찾아가는

과정입니다. 중요한 건 내가 어떻게 중심을 잡느냐예요.

주도적으로 무대에 선다면, 변화는 고통이 아닌

성장통이 됩니다.

무대를 돌보는 건 곧 나를 돌보는 일입니다.

내가 쏟은 정성만큼 무대가 나를 보호하고,

내가 초대한 사람들이 나를 일으켜 주기도 하죠.

'나만의 무대'는 '나만을 위한' 무대가 아닙니다.

내 무대만 최고라는 것도 아니고요.

누구에게나 인생이라는 무대는 공평하게 주어집니다.

다만 조건과 모습이 다를 뿐이죠.

무대의 위치, 시스템, 조명, 함께 오를 사람들.

모두 제각각입니다.

바라는 무대가 있나요?

그럼, 주인이 되어 바꾸면 됩니다.

만들고, 꾸미고, 채우면 됩니다.

"지금 내 무대는 초라해"라는 말은 그저 현재를 가리킬

뿐입니다. 불평할 시간에 무대를 만들어 가면 돼요.

빠를수록 좋지만, 오래 걸려도 괜찮습니다.

단 하루라도 내 인생 무대의 주인으로 산다면,

진짜 나를 만나게 됩니다.

그때 비로소 진정한 자존감이 완성되죠.

그 순간을 당신도 만나기를 바랍니다.

이 책은 제 무대 이야기이자, 당신의 무대를 위한 응원입니다.

이 책이 끝날 때 당신의 무대가 시작되었으면 좋겠습니다.

당신이 빚어갈 무대를 응원하며,

문아람

리허설

나는 꿈을 먹으면서 자랐다.

꿈과 함께 살아왔고, 꿈을 직접 겪으며 무대와 가까워졌다.

나는 꿈을 이뤘다.

내가 그리던 무대에서 꿈을 펼치고,

내가 상상하던 무대에서 오늘을 살고 있다.

기적도 있었고, 도움도 받았고, 노력도 했지만

가장 중요한 것은 튼튼하게 진행된 기초 공사 덕분이었다.

1.

조명이 켜지기 전

꿈꾸는 무대를 만날 때까지

무대 이야기는 '꿈'에서 출발한다. 그리고 꿈은 '좋아하는 것'에서 출발한다. 막연하게 좋아하는 것이 아니라 평생을 함께하고 싶은 장면 혹은 무언가 말이다.

진짜 좋아한다는 것은 나에게 긍정적인 영향을 줄 때만 좋은 것이 아니라 아프고 어려운 고난과 역경까지도 함께 겪을 수 있는 것을 말한다. 진짜 좋아하는 것과 함께한다면 시간 가는 줄 모른다. 이것과 함께할 수 있다면 고난이 반가울 정도다. '이걸 내가 좋아하나?'라는 고민이 들지 않는다.

그것이 나에게는 피아노였다. 내성적이고 겁이 많은 아이가 피아노 앞에만 앉으면 다른 사람이 되었고, 피아노 밖에서는 경험하지 못했던 감정과 성격을 경험했다. 아침에 눈도 뜨기 힘들어서 엄마가 여러 번 깨워야 일어나는 게으른 아이가 피아노를 연습하기 위해서라면 벌떡 일어났다.

어린 시절의 나는 여리고 나약하고 겁이 많고 눈치를 보고 소심하고 내성적인 데다가 눈물도 많았다. 거기에 자존심도 세고 고집도 센 아이였다. 고지식하고 유연한 구석은 없는데 욕심은 많아서 지는 것을 싫어했다. 그런 내가 돌변하는 순간이 바로 피아노 앞에 앉을 때였다.

버스가 한 시간에 한 대 다니는 시골에서 보낸 나의 유년기에 친구는 오직 '피아노' 하나였다.

학교에서 장래 희망을 적으라고 하면 늘 '피아니스트'를 적어 냈지만 내 꿈은 피아니스트가 아니었다. 평생 피아노와 함께 다양한 곳에서 다양한 사람들을 다양한 모습으로 만나는 장면, 그게 바로 내 꿈이었다.

피아노와 함께라면 어떤 무대라도 상관없었고, 몇 명의 사람들 앞에 서는지도 상관없었다. 단 한 명이어도 좋았고, 한 명도 없어도 좋았다. 그저 피아노와 함께할 수만 있다면 다 좋았다. 나의 꿈은 직업 이름이 아니라, 피아노와 함께 살아가는 삶의 모습이었다.

꿈은 꾸는 게 아니라, 직접 만나고 행동하는 것이다. 최대한 자주 만나고 자주 행동해야 한다. 꿈은 말로만 바라고, 말로만 노력하고, 말로만 들려주는 것이 아니다. 하루의 아주 작은 틈부터 꿈을 향한 노력과 실행으로 채워야 한다.

대단한 노력과 실행을 하자는 것이 아니라 작은 행동의 횟수를 늘려가자는 것이다. 처음부터 거창하고 큰 꿈을 꾸고 이루는 것을 바라기보다 일상에서 이뤄낼 수 있는 작은 행동들을 쌓아야 한다. 언제까지? 꿈꾸던 장면을 만날 때까지.

꿈을 이루고 싶고, 나만의 무대를 갖고 싶었던 내가 할 수 있었던 건 상황을 인정하고 겪는 것, 개척하는 것, 공부하는 것, 넘어지는 것, 다시 일어나는 것, 앞으로 걷는 것, 주저하지 않는 것, 배우고 깨닫는 것, 마지막으로 해내는 것밖에 없었다.

그렇게 꿈은 나에게 친구였고 선생님이었다. 꿈이 방패였고 망원경이었다. 꿈이 나의 수면이었고 숨이었다. 꿈과 함께했기에 살 수 있었고, 꿈이 있어서 펼쳐질 수 있었던 지금 바로 여기 나만의 무대.

사람이 채워주지 못하는 것, 사람이 해결해 주지 못하는 것을 꿈이 내 안에서 해결시켜 주었다. 내 무대를 향한 열망의 잔이 마르지 않도록.

꿈과
연애하기

'꿈'을 하나의 인격체로 생각해 보자. 꿈을 만났고, 꿈과 함께 내 인생을 살기로 했다면 이제 꿈과의 연애를 시작하면 된다. 기억하고, 안부를 묻고, 생각하기를 게을리하지 않고, 보살피며 소중히 여기는 태도 말이다.

당연해지고 익숙해지면서 편안함이 생기겠지만 편안함이 게으름과 무례함으로 연결되면 꿈은 시들어 간다. 필요한 것은 없는지, 꿈이 이뤄지기 위해서 내가 어떤 노력을 해야 하는지 살펴야 한다.

조건 없이, 바람 없이 전하는 정성과 애정을 꿈도 알아준다. 사람도 아닌데 보답은 어떻게 받냐고 묻는다면 꿈은 사람보다 배신이 없고 보답을 확실히 준다고 말하고 싶다. 꿈에 쏟는 정성과 애정이 곧 나에게 쏟는 정성과 애정이니까.

꿈이라는 객체가 '나'라는 주체와 일치되는 어느 날, 꿈이 나에게 보답하는 것이 아니라 이미 꿈으로 인해 내가 성장하고 있음을 알게 될 것이다.

나는 이런 꿈과의 연애를 10대 때부터 시작했다. 말 그대로 꿈에 미쳐 살았다. 평생 피아노와 함께 살 수 있는 장면만 상상했다.

그 꿈을 위해서 10대가 해야 할 일은 일단 공부하는 것이었다. 피아노를 공부하고, 서울에 있는 음대에 진학하는 것. 오직 그것 하나였다.

나만의 무대를 바라는 꿈이 나를 살게 했고, 나를 만들어 갔고, 나를 완성해 갔다.

내가 놓으려고 할 때마다 꿈이 나를 잡았다. 내가 지칠 때면 어디선가 기회를 내 삶으로 가지고 와서 다시 일어서게 해 주었다.

그렇게 나는 꿈과 연애를 했다. 멀리서 짝사랑하지 말고, 가까이에서 서로 사랑하는 존재가 되는 것. 그것이 꿈을 이루는 첫 번째 방법이었다.

태어날 때부터 받은 선물

내가 나답게 살아낼 수 있었던 것은 태어나면서 물려받은 유산과 성장하면서 받은 유산의 영향이 크다. 부모님은 나를 낳아주신 분들이기도 하지만, 내가 처음 만난 어른이다. 나는 훌륭한 어른을 가정이라는 가장 가까운 곳에서 만났다.

가정 형편은 저마다 다르다. 편한 형편에서도 불만이 있을 수 있고, 불편한 형편에서도 감사가 있을 수 있듯이 형편 자체가 중요한 것이 아니라 형편을 어떻게 바라보고 형편 안에서 어떻게 살아가느냐가 중요하다. 그런 면에서 늘 생각하지만, 두 분은 참 대단한 분들이다.

아빠는 몇 개의 고개를 넘어야 학교에 갈 수 있는 산골에서 자랐고, 엄마는 작은 섬에서 자랐다. 아빠는 돈이 없어 학교를 편하게 다니지 못했고, 엄마는 외할머니 곁을 지키기 위해 대학을 포기했다.

부모님은 20대에 부모가 되었다. 지금의 나보다 어린 나이였다. 받아야 할 사랑의 총량은 누구나 같지 않다. 누구는 듬뿍 줘도 부족하다고 말하고, 누구는 부족하게 줘서 미안하다고 해도 충분하다고 말한다.

　나는 두 분에게 사랑을 받았고, 동시에 사랑을 배웠다. 말로만이 아니라 눈빛으로, 표정으로, 편지로, 말투로. 물론 부모와 자녀 사이에 마찰도 생기고 불만도 생기고 속이 상할 때도 있다. 하지만 그것은 어느 집이나 마찬가지다. 중요한 것은 그 속에서도 사랑이 있었다는 것이다.

　서로의 관계에서 빚어지는 그 어떤 아픈 감정들도 결국 사랑으로 이기고 사랑으로 완성한다는 것을 부모님께 배웠다.

　엄마 아빠는 자신의 상황에서 최선을 다하셨다. 그 어떤 상황에서도 일어날 수 있다는 강한 믿음의 출발은 부모님이 내게 주신 최선의 지지로부터 시작되었다.

나를 만든 첫 번째 교육

좁디좁은 시골집에는 늘 책이 산더미였다. 교회 구석 작은 서재에도, 집에도, 심지어 재래식 화장실에도 책이 쌓이다 못해 굴러다녔다. 텔레비전에는 KBS1, KBS2, MBC, EBS 네 채널뿐이라 볼 것도 별로 없어, 그냥 굴러다니는 책을 집어 들고 읽었다.

특별히 책을 읽어야겠다는 마음을 먹은 것도 아니었다. 널브러져 있는 책 하나를 들고 아무 곳에나 앉아 아빠를 따라 읽었다. 아빠가 서재에서 설교를 준비하면 나도 아무 책이나 들고 읽었다. 보고 따라 한 것이 취미가 되었다.

이렇게 책에 둘러싸여 자란 덕분인지 독서 습관은 일찍 생겼지만, 정작 다른 면에서는 부족한 것이 많았다.

어린 시절 나는 집중력이 빵점이었다. 공부는 엉덩이 싸움이라고 하는데 주의력이 부족했고 산만했다. 기억력도 좋지 않았고, 끈기도 없었다.

산만한 나에게 아빠가 극기 훈련을 시켰다. 일명 '쌀 세기'.

방법은 단순했다. 쌀을 밥그릇에 한 그릇 떠와서 다 세는 것이었다. 문제는 쌀이 거의 보이지 않는다는 점이었다. 또 다른 문제는 집중력이 흐트러지면 숫자를 잊어버린다는 것이었다. 숫자가 헷갈리기 시작하면 정말 죽을 맛이었다. 종이에 써가며 세어도 또 잊어버렸다.

정확히 기억나지 않지만 결국 숫자를 몰라서 포기했던 것 같다. 그런데 아빠는 요령을 피우지 않고 끝까지 성실하게 센 것을 칭찬해 주셨다. 아빠는 단 한 번도 나를 체벌하지 않으셨다. 대신 좋은 방향으로 이끌어주셨다.

아빠가 꾸준함과 성실함을 길러 주셨다면, 엄마는 맛과 정성으로 건강을 선물해 주셨다. 엄마는 자타공인 음식의 대가다. 공연을 떠나기 전 늦게 일어나지만 않는다면 밥과 엄마표 김치를 먹고 출발한다. 그러면 하루 종일 든든하고 기분이 좋다. 엄마는 내가 어렸을 때부터 대단하셨다. 도넛을 직접 만들어 주셨고, 산과 들로 다니며 나물을 캐서 반찬을 만들어 주셨다. 지금의 체력도 그때 먹어둔 좋은 음식 덕분이라 생각한다.

또 엄마는 마음의 양식 대가다. 글과 사진으로 마음을 움직이고 표현하는 대가. 엄마와 수다를 떨며 한바탕 웃고 나면 스트레스를 받으려 해도 받을 수가 없다. 거리 공연을 시작하려 할 때, 유학을 준비하려 할 때, 무엇을 시작하려 할 때마다 "무엇이든지 해 봐. 해 보고 안 되면 다시 또 하면 돼"라고 하셨던 엄마의 응원이 나를 성장시켰다.

서울에 와서 혼자 지내는 나에게 밥을 사 주려는 어른들이 "어떤 음식을 가장 좋아하니?"라고 물으면 나는 이렇게 대답했다. "엄마 밥이요."

집밥의 진짜 의미를 알고 싶은 분들께 진심으로 권하고 싶다. 우리 엄마 밥을.

있는 그대로 받아들이는 힘

나는 뜨거운 음식을 먹으면 "앗, 뜨거워!"하며 온갖 호들갑을 떨던, 자극에 예민하고 감정 표현이 심했던 10대였다. 불만을 얼굴 가득 드러내고 짜증을 일삼던, 사춘기라 하기에는 너무 모가 나고 예민한 아이였다.

그럴 때마다 외할아버지께서는 늘 긴급 처방을 내리셨다.

"아람아, 뜨거우면 '아, 뜨겁구나' 하면 되는 거야."

"비가 왜 이렇게 많이 와, 불편하게 하지 말고, '비가 많이 오는구나' 하면 되는 거야. 알았지?"

내가 말과 표정을 자극적으로 쏟아낼 때마다 외할아버지께서는 즉시 고쳐주시고, 부드럽게 알려 주셨다.

고등학교 2학년 2학기, 부모님이 이사를 가시게 되면서 나는 홀로 밀양에 남아 음대 입시를 준비하게 되었다. '이렇게 중요한 시기에 딸을 혼자 두고 이사라니'가 아니라 '아, 이제 혼자 입시를 준비하게 되는구나'라는 태도로 받아들일 수 있었던

34

것도 외할아버지의 처방 덕분이었다.

혼자가 되었다는 사실을 빨리 인정하고, 혼자가 되어서 좋은 점을 찾으려 애썼다.

돌이켜보면, 혼자 입시를 준비했던 시간은 나를 위한 선물이었다. 절박해지니 초능력이 생겼고, 부모님이 곁에 계시지 않다는 사실에 정신을 더욱 바짝 차리게 됐다. 어차피 대학에 가면 혼자 살아야 하는데, 미리 연습할 수 있었던 최고의 시간이었다.

예상치 못한 상황이 닥치면, 그 상황을 있는 그대로 살피고, 상황을 받아들인 뒤, 내가 할 수 있는 생각을 하고, 생각에 따른 행동을 하는 것 외에는 모두 시간 낭비였다. 결국 아무것도 변하지 않는다면 내가 변해야 했고, 바꿀 수 없는 것이라면 생각을 바꿔야 했다. 입시생이던 나를 살린 태도는 '있는 그대로를 아무렇지 않게 받아들이는 법'이었다.

진짜 부유함이란

살면서 내가 물질적으로 가난하다는 생각을 해본 적이 없다. 내가 어려운 형편이라는 말은 서울에 와서 만난 몇몇 어른들의 듣도 보도 못한 이상한 평가로 인해 처음 들었다. 들을 때마다 참 이상했다. 고민 없는 가정이 없을 텐데, 내가 나중에 꿈을 어떻게 이뤄낼 줄 알고 저렇게 말씀하시는 걸까 하면서 의아했다.

지금 생각해 보면 우리 가정의 진짜 부유함은 다른 곳에 있었다. 부모님은 내가 스스로 원하는 것을 찾도록, 스스로 길을 개척하도록, 스스로 구하고 간절해하도록 내버려두셨다. 내가 손을 내밀기 전까지 먼저 묻지 않으셨다. 진심으로 믿어주는 것을 열심히 하셨다.

부모님의 믿음을 연료 삼아 스스로 길을 찾고 방법을 찾았다. 그리고 그 방법을 믿고 길을 걸었다. 방법이 나와 맞지 않으면 다른 방법을 찾았다.

또 부족함은 나를 간절하게 만들었다. 과자를 잘 사 먹지 못한 덕분에 누군가 가끔 주시는 과자 선물을 귀하게 생각하며 뛸 듯이 기뻐했고, 레슨비를 넉넉하게 지원받지 못하는 형편 덕분에 한 시간의 레슨이 천금보다 귀했다. 예고를 다니지 못한 덕분에 한 시간을 연습하더라도 엄청난 집중력을 발휘할 수 있었다.

살아가면서 느껴야 할 감정의 진짜 모습을 체험하며 살 수 있었다. 매일의 만남을 감사해하고, 작은 것에 기뻐할 수 있는 것도 일상 속 훈련 덕분이었다. 가족 외에는 가져본 것이 많지 않았기에 세상에 뛰어들자마자 온통 내가 가질 것들 천지였다. 부모님이 해 주신 것이 아니라 내가 스스로 얻어낼 것들 천지였다.

이제 깨닫는다. 진짜 가난은 나의 부족함을 모르고 타인의 부족함을 말하는 마음이다. 진짜 가난은 내가 가진 것에 감사할 줄 모르고 가지지 못한 것을 향해 품는 불만이다. 진짜 가난은 타인과 비교하여 내가 낮아지는 어리석음이다. 진짜 가난은 눈에 보이지 않는다.

나를 지켜주는 기도

내가 부모님의 딸로 태어난 것은 큰 행운이다. 어린 시절 부모님께 받은 사랑을 기반 삼아 중학생 때부터는 아주 독립적으로 컸다. 그리고 피아노와 책에서 큰 응원과 조언을 받으며 성장했다.

나에게 가정은 안전이라는 이름으로 나를 제한하거나 가둔 울타리가 아니었다. 내 주변에는 그 어떤 울타리도 없었다. 안전하지 않다는 것이 아니라 무한한 가능성의 세상이었다. 드넓은 세상 앞에 당당히 두 발을 딛고 선 내 뒤에 늘 부모님이 서 계셨다. 언제나 응원의 박수를 보내주시면서.

나만의 세상을 살아가다가 힘이 필요할 때 부모님을 향해 고개를 돌리면 활짝 웃는 미소와 응원의 박수를 보내주셨다. 그리고 내가 다시 세상을 향해 고개를 돌리면 두 분은 바로 무릎을 꿇고 기도하셨다. 나는 기도로 태어났고, 두 분의 기도로 세상을 살고 있다.

부모님의 기도 위에서 자란 나는, 이제 나의 기도로 세상을 살아간다. 조용한 곳을 찾아서 무릎을 꿇고 손을 모으는 간절한 기도보다 일상 곳곳에서 수시로 기도한다. 갑자기 고민이 생기면 "도와주세요. 제발" 하고 기도한다.

기도를 꼭 신앙적인 의미로만 볼 필요는 없다. 인간관계의 폭이 좁았던 나는 사람에게 말하는 것보다 기도가 더 편했다. 누군가에게 말하고 나면 오히려 불안해지곤 했는데, 어딘가에 믿고 말할 수 있다는 사실 자체가 나를 자유롭게 했다.

일단 해보는 용기

내가 무엇을 좋아하고, 무엇과 잘 맞는지 알려면 직접 경험해 보는 것밖에는 방법이 없다. 단순히 역할을 수행하는 것은 경험이 아니다. 경험이 되려면 준비하고, 시행착오를 겪어보고, 내가 즐거운지, 잘 맞는지 스스로 생각해 봐야 한다. 그 이전에 중요한 것은 '일단 해 보는 것'이다. 기회가 생겼을 때 '한번 해 보겠다'라는 태도가 필요하다. '이건 이래서 싫고, 저건 저래서 싫다'라는 태도는 꿈을 찾기 좋은 태도가 아니다.

설령 같은 역할을 해 본 경험이 있다고 해도, 상황이 달라지고 역할을 둘러싼 사람이 달라지면 전혀 다른 경험이 된다. 과거의 나와 지금의 나 역시 다르기 때문이다. 사람은 쉽게 변하지 않는다고 해도, 태도와 즐거움은 달라질 수 있다. 특히 경험이 부족하고 나에 관한 질문이 많은 시기에는 더욱 그렇다.

나는 초등학생 때 교회 유치부 선생님을 맡은 적이 있다. 시골 교회라 선생님이 부족하기도 했고, 아이들을 좋아하기도

해서 무작정 "제가 하겠습니다" 하고 나섰다. 그런데 정말 즐거웠다. 그 경험을 통해, 유치원생에게 필요한 것은 가르치려는 자세가 아니라 함께 노는 자세라는 것을 알았다. 또, 즐거운 관계가 먼저 형성되면 내가 하는 말 한마디에도 힘이 생긴다는 것도 배웠다.

'나도 초등학생인데 내가 무슨 선생님이야?'라는 생각 대신, '한번 해볼게요'라는 태도 덕분에 최연소 선생님이 될 수 있었다.

나는 아이들이 어리다고 해서 그냥 시간을 보내지 않았다. 스케치북과 크레파스를 준비해 함께 그림을 그리고, 색종이를 가져가 마음껏 표현하게 하고, 아이들이 좋아하는 것을 파악해 다음 시간에 맞춰 준비하기도 했다. 그렇게 1시간을 놀 때마다 아이들이 단 하나의 단어만이라도 기억하도록 목표를 세우고 놀았다.

돌이켜보면, 대학 1학년 때부터 초등학생 아이들에게 피아노 레슨을 큰 어려움 없이 해낼 수 있었던 것도 아마 그 시절 경험에서 얻은 자신감 덕분이 아니었을까 싶다.

무대는 즐거움에서 자란다

중학생 때 동네 할머니들과 성탄 행사를 준비한 적이 있었다. 둘러앉은 할머니들을 바라보며 '무엇을 함께할 수 있을까?' 고민했다. 어렸을 때도, 지금도 나에게 가장 중요한 것은 즐거움이다.

하는 사람도 즐거워야 하고, 준비하는 사람도 즐거워야 한다. 즐거우면 안 되던 일도 풀리고, 즐거운 에너지 속에서 아이디어가 솟아난다고 믿는다.

그래서 나는 먼저 할머니들과 놀았다. 놀면서 각각의 할머니들이 무엇을 좋아하시는지, 해 보고 싶으셨던 것은 무엇인지 자연스럽게 파악했다. 인터뷰하듯 질문을 던지면 대답도 딱딱해지기에, 대화는 어디까지나 자연스러워야 했다. 즐거움과 자연스러움, 내가 가장 중요하게 생각하는 두 가지 기준이었다. 그렇게 대화하다 보니 공통된 이야기가 나왔다.

"나도 아람이처럼 어렸을 때가 있었지."

"나도 예쁠 때가 있었는데……."

바로 이거였다! 할머니들이 여전히 아름답다는 것을 보여 드리자. 그리워하는 소녀 시절, 아가씨 시절로 돌아가서 그 시절의 자랑스러운 모습을 무대에서 다시 펼쳐 보시게 하자.

그렇게 준비한 것이 바로 '미스코리아 대회'였다. 많은 준비가 필요하지 않았다. 할머니들이 두르실 띠, 할머니들의 자랑, 미스코리아 인사 연습, 그리고 무엇보다 중요한 건 할머니들의 즐거움과 웃음. 결과는 당연히 '빅재미'였고, 그렇게 나의 첫 기획이 시작되었다.

지금도 나는 즐거움이 가장 중요하다. '내가 즐겁게 할 수 있을까?' 이것이 공연을 진행할지 말지를 판가름하는 가장 중요한 기준이다. 단순히 1차원적인 즐거움만을 좇는 것이 아니다. 즐거워야 불평이 사라진다. 불만이 생겨도 내가 확신하는 즐거움 덕분에 불만이 불만으로 표출되지 않는다. 오히려 소통하며 풀어야 할 작은 과제가 될 뿐이다.

무대에 직접 서는 나에게는 즐거움이 필수다. 내가 즐겁지 않으면 청중에게 즐거움을 전할 수 없다. 포커페이스가 잘되지 않는 나의 치명적인 단점과 약점을 알기에, 무대에서 느끼는 행복과 즐거움은 청중과 주최 측을 위해서도 정말 중요하다. 특히 토크쇼나 공연에서 진행자로 설 때, 진행자의 표정과 말

투는 공연의 흐름을 바꾸기도 한다. 그래서 결국 즐거운 마음
이 공연을 결정하고, 결과를 결정한다.

노는 것이 직업이 되는 순간이 와요.

그냥 논다고 해서 직업이 되진 않아요.

열심히 일하듯 놀아야 합니다.

김민식, 《매일 아침 써봤니?》, 위즈덤하우스, p.9

제가 무대를 준비할 때 제일 중요하게 생각하는 건
바로 ENJOY, 즐거움이에요.
'좋아하는 것만 하겠다'라는 게 아니라, 어떤 일이든
내가 즐겁게 임할 방법을 찾고 만들어내는 거죠.
즐거운 태도는 결과를 만들어냅니다. 예상과 다른
결과여도 괜찮아요. 즐겁게 했으니까, 다시 NEXT!
일단 내가 재밌으면 주변의 반응과 말에 휘둘리지 않게
돼요. 내가 내 중심을 잡는 가장 좋은 방법, 즐겁게
임하는 태도입니다.

레슨 여행, 움직이는 연습실

고등학생 시절 레슨을 받으러 가려면 밀양역에서 기차를 타고 동대구역에 도착한 뒤, 시내버스를 탄 다음 한 번 더 갈아타고, 내려서 20분을 걸어야 했다. 나는 시간을 허투루 흘려보내지 않으려고 틈틈이 할 수 있는 것들을 했다.

추우면 추운 대로, 더우면 더운 대로, 늦으면 뛰다가 숨이 턱끝까지 차오르기도 했지만, 그 길은 나에게 단순한 이동이 아니라 작은 여행길이었다.

가끔 친척이 택시비를 용돈으로 주셔도 나는 꿋꿋하게 버스를 탔다. 택시의 편리함을 한 번 맛보면 계속 타고 싶어질 테니까. 내가 가는 길은 단순히 밀양에서 선생님 댁으로 향하는 길이 아니었다. 저 멀리, 눈에 보이지도 않는 '나만의 무대'를 향해 걷고 있는 길이었으니까. 시선을 멀리 두고 긴 목표를 바라보면 그 모든 불편함은 아무것도 아니었다. 오히려 틈틈이 공부도 하고, 매주 기차를 타는 즐거움도 있었다.

악보만 있으면 내가 앉는 모든 곳이 연습실이 되었다. 기차 역사에서, 기차 안에서, 버스 안에서 악보를 펼치는 순간 어디든 연습실이 되었다.

돌아보면, 일상이 움직이는 작업실이자 회의실 같았던 그 시절, 지독하리만큼 피아노에만 몰입했던 그 시절이 참 예쁘게 느껴진다.

이루고 싶은 모습대로

꿈을 멀리 있는 것으로, 훗날 이루어야 할 것으로 생각하지 않았다.

바로 지금 여기, 존재하는 그 자리에서, 이미 꿈의 모습을 연습하며 살았다. 내 하루 곳곳이 연습장이었다.

우수한 진행자가 되고 싶어서 매일 진행자 모드로 삶을 중계하듯 살았다. 내가 생각하는 진행자의 필수 조건 중 하나가 '위기 모면 능력과 센스'였다. 그래서 일상에서 돌발 상황이 생기면 센스 있게 대처하는 연습을 했다.

예를 들어 설거지하다가 그릇이 깨지면 이렇게 중계했다.

"지금 그릇이 깨졌습니다. 고무장갑이 미끄러운 게 원인이 되겠지만, 설거지에 집중하지 않고 이후에 해야 할 일을 생각하느라 손이 급해진 탓이 큽니다. 작은 일에도 집중이 필요하다는 것을 알 수 있네요. 그렇다고 실수에 몰입할 필요는 없죠. 호들갑과 죄책감보다는, 안전하게 정리하고 다음 상황으로 넘어가겠습니다. 아쉽지만 어쩔 수 없습니다. 역시 일상의 조각 속에도 삶의 지혜가 담겨 있네요."

진행자는 철학이 있어야 하고, 어떤 상황에도 당황하지 않고 잘 전달해야 한다고 믿었다. 그래서 똑똑해야 했고, 아는 것이 많아야 했으며, 틀린 정보를 전달해서는 안 된다고 생각했다. 틈틈이 공부했고, 부정적인 말을 쓰지 않으려 일상에서 말 습관을 들였다. 재미와 위트를 갖추기 위해 사람을 만나면 늘 그 사람을 공부했다.

지금도 매일 다짐한다. 유쾌하지만 가볍지 않고, 다정하지만 단단한, 그런 전달자가 되자고.

나는 피아노를 연주만 하는 아티스트가 아니라, 피아노 음악을 삶과 연결해 소개하고 싶었다. 그래서 연습실에서는 매일 꿈을 미리 이룬 듯 살았다. 세 시간을 연습하면 두 시간은 피아노 연습, 한 시간은 말 연습이었다. 곡이 연주되기 전부터 청중에게 기대를 주고, 귀뿐 아니라 마음을 열고 싶었다. 나에게 그 통로는 언어였다. 단순한 수단이 아니라, 나와 청중을 연결하는 다리였다. 무엇을 전달할지보다, 어떻게 전달할지가 더 중요했다.

인위적인 말투가 아니라 편안한 톤을 원했고, 나만의 톤과 속도를 찾기까지 오랜 시간이 걸렸다. 녹음하고 들어보고, 촬영하고 모니터링하며 다듬었다. 언어는 머리에서 나오기에 평소 어떤 생각을 품느냐가 중요했다. 언어는 마음에서 나오기에, 마음에 담을 것을 고르고, 또 골랐다.

머리와 마음에 무엇을 채우고 사는지는 습관과 언어에서 다 드러난다.

내가 꿈꾸는 진행자는 혼자 있을 때의 언어와 태도, 무대에 섰을 때의 언어와 태도가 일치하는 사람이다. 청중과 마음을 나누는 무대가 허락되는 날까지, 나는 나를 포기하지 않고 일상 훈련을 계속 이어갈 것이다.

2.

무대에 오르기 전

꿈의 시작을 위한 준비

우선 존재하자. 어떤 상황에서도 내 생명을 귀하게 여기고 존재해야 한다. 한 생명이 천하보다 귀하다는 것을 잊지 말고, 상황에 넘어지더라도 지지 말고, 감정에 잠시 치우치더라도 빠지지 말고, 일단 존재하자. 우리는 태어났기 때문에 존재하는 것이 아니라, 존재하기 위해서 태어난 것이다. 나를 귀하게 여기는 마음과 내가 존재하는 것에 대한 칭찬을 준비하자.

존재한다는 것만으로도 충분히 의미 있지만, 그 존재를 더욱 든든하게 지켜주는 힘이 필요하다. 그 첫 번째는 바로 나 자신으로부터 나온다.

타인도 타인의 삶에서 역시나 '나'로 살아간다. 타인이 나를 알아주기를 기대하지 말고, 나를 알아주지 않는다고 서운해하지 말고 내가 나의 응원군이 되어주자. 나를 격려해 주고 응원해 주는 타인이 있다면 감사할 일이지만, 그렇지 않다고 해서 좌절하거나 미워할 일이 아니다. 내가 나를 지지해 주고 응원해 주는 건강한 마음 밭을 가꿔 놓아야 칭찬이라는 씨앗이 땅에 떨어지더라도 싹을 틔울 수 있다. 비옥하지 않은 땅에는 꽃을 피우고 열매 맺기가 어렵다. 우리는 저마다 '각자의 나'로 살아간다.

그렇다면 나를 응원하는 마음은 어떻게 기를 수 있을까. 가장 간단하면서도 확실한 방법이 있다.

작은 해냄을 발견하고 맛보며 살자. 설거지를 하나 해도 나로 인해 깨끗해진 그릇을 보면서 해냄을 느끼고, 지저분했던 집이 나의 청소로 인해 깨끗해진 것을 보면서 해냄을 맛보고, 학교나 직장을 건강하게 무사히 잘 오고 갔음에 해냄을 느끼자.

이런 작은 성취감들이 쌓이면서 나는 점차 나 자신을 믿게 된다. 그리고 더 깊이 있는 힘이 필요할 때는 다른 곳에서 도움을 받을 수 있다.

책을 펼쳐서 읽기 시작하면 책이 공부를 시켜준다. 책을 읽으면서 무언가를 느끼고 삶의 지혜를 발견하면 좋지만 그러지 않더라도 책을 읽는 행위 자체가 공부다. 작은 활자들이 모여 있는 활자 집합체를 첫 장부터 끝까지 읽어냈다는 것 자체가 승리다. 내용이 공감되지 않으면 공감되지 않는 대로, 내용에 불만이 생기면 불만이 생기는 대로, 책 안에서는 무엇이든지 가능하다.

그리고 책을 읽다 보면 자연스럽게 발견하게 되는 보물 같은 것들이 있다. 나는 이것들을 의도적으로 찾아 모으기 시작했다. 책이든 음악이든 드라마 명대사든 위인전이든 드라마 속 인물이든 다큐멘터리든. 떠올렸을 때 즉각적으로 힘이 될 무언가를 찾아다녔고 찾아냈다. 그중 가장 큰 비중을 차지한 것은 '문장'이었다. 나를 살게 하고, 나를 일으키는 마법의 주문을 수집하며 살았다. 메모장에 쓰기도 하고, 다이어리 앞 장에 쓰기도 하고, 악보에 쓰기도 하고, 진짜 간절할 때는 외우면서 입에 달고 살았다.

결국 무대에 오르기 전 준비해야 할 것들은 거창한 것이 아니었다. 존재한다는 것을 인정하고, 나를 응원하며, 작은 성취를 기뻐하고, 책에서 위로를 찾고, 힘이 되는 문장들을 모으는 것. 이 다섯 가지만 준비되면 어떤 무대든 오를 수 있다.

기회를 만날 준비

기회는 횟수가 중요한 것이 아니다. 한 번 찾아오더라도 그 기회를 내 것으로 만드는 것이 중요하다. 기회가 찾아왔는데 내가 기회를 알아보는 눈이 없어서 놓칠 수도 있다.

나는 기회가 찾아왔는데 기회를 알아보는 눈이 없을까 봐 두려웠다. 그래서 매일 기회를 만날 준비를 했다. 중학생 때부터 매일 새기는 말이 있다.

'준비된 사람의 준비된 것이 사용된다', '기회는 누구에게나 찾아가지만, 아무에게나 주어지지 않는다'.

이 두 문장이 나의 10대를 살게 했고, 20대를 버티게 했고, 30대를 이루게 했다.

기회와 친해지기 위해서 기회가 나와 친해지고 싶어지도록 무엇을 하고 있는지 돌아봐야 했다. 나는 기회가 찾아오면 기회를 내 것으로 만들고 기회를 또 다른 기회가 되도록 매일 지독하게 노력했다. 여기서 중요한 것은 그 노력이 너무나 행복하고 즐거웠다는 것이다. 친구 만나는 것보다 재밌고, 쇼핑하는 것보다 신나고, 내 안에 무언가가 차곡차곡 쌓이고 내 경험치가 늘어나는 것이 느껴질 때마다 그 누구도 채워주지 못했던 나의 진짜 자존감이 채워졌다. 타인의 무대였다면 불가능했을 일이다.

기회는 다양한 모습으로 찾아온다. 운이라는 모습으로, 우연이라는 이름으로, 때로는 당연하게. 어떤 모습인지는 상관없다. 내가 알아보는 눈만 있으면 된다.

일상이   만든다
무대를

어느 날 '기회'라는 이름으로 갑자기 꿈의 순간이 찾아왔을 때 나는 긴장하지 않았다. 머릿속으로만 상상하던 일이 현실에서 벌어진 것이 아니라, 이미 일상에서 반복하며 살아낸 일들이 무대만 바뀌어 펼쳐진 것뿐이었으니까.

일상이 중요하다. 단순히 열심히만 사는 것이 아니라, 성의를 다해 살아야 한다. 정성을 다한 일상이 어떤 결과를 만들어 낼지는 아무도 알 수 없지만, 분명한 것은 아무렇게 살면 결국 아무렇게나 살아진다는 사실이다. 가장 안타까운 것은, 기회를 알아차리는 감각을 키울 수 없고, 기회를 알아보는 눈조차 뜨지 못하는 것이다.

일상에서 짧게는 1분, 길게는 1시간이라도 꾸준히 꿈을 만나다 보면, 머리로 기회를 알아차리기 전에 몸이 먼저 반응하게 된다. 실력 발휘는 갑자기 되는 일이 아니다. 저절로 흘러나오는 것이다. 운동선수가 단 한 번의 경기에서 좋은 성적을 거두는 것도, 음악가가 한 번의 무대에서 좋은 연주를 하는 것도 '갑자기' 이루어진 일이 아니다. 그 뒤에는 수년간의 훈련과 연습이 켜켜이 쌓여 있다. 이건 예체능에만 해당하는 일이 아니다. 우리는 모두 삶이라는 작품 속에서 이야기를 빚어내고, 인생이라는 무대에서 여정을 펼치는 아티스트이자 선수다. 그렇기에 꿈의 순간을 놓치지 않으려면 아주 짧게라도 매일 꿈을 살아내야 한다.

나로부터 시작하는 힘

포기는 내가 내리는 수많은 선택 중 하나일 뿐이다. '그만하고 싶어서, 못 하겠고, 하기 싫어서, 자신이 없어서'라는 태도를 포기라는 단어로 연결하는 건 결국 자기 자신이다. 내가 바라는 꿈과 현실의 모습이 너무 다르게 느껴지나? 아직 방법을 찾는 중인가? 방법만큼 중요한 것이 성실과 인내다. 끝을 알 수 없는 꿈길에서 성실과 인내는 늘 한 세트다. 꿈을 이뤘다고 성실과 인내를 내려놓는 것이 아니라, 오히려 더 갈고 닦아야 한다. 꿈은 한 번 움켜쥐고 끝나는 것이 아니기 때문이다.

방법은 생각보다 단순하다. 지금부터 내가 바라는 모습을 머릿속으로, 몸으로, 말로 습관이 되도록 만드는 것이다. 툭하면 툭! 하고 반사적으로 나오도록.

예를 들어 아나운서가 되고 싶은데 학원비가 없다면, 국어사전을 펼쳐 단어를 외우고 발음을 교정하며, 띄어쓰기를 공부하는 것부터 시작하면 된다. 꿈의 장면이 달라져 다른 길을 선택하더라도, '꿈 자체'를 포기할 이유는 없다.

세상에서 내가 온전히 조정할 수 있는 건 오직 '나 자신'이다. 큰 설득이나 설명 없이도 생각과 행동을 동시에 움직일 수 있는 건 나뿐이다. 24시간, 심지어 잠잘 때조차 함께 있는 유일한 존재가 나다. 언제든 마음만 먹으면 대화할 수 있고, 원인을 파악할 수 있고, 속마음까지 들여다볼 수 있다. 이렇게 쉬운 대상이 또 있을까. 변화를 원한다면, 그 마음에서 출발하면 된다. 특히 기댈 곳 없었던 내게 '나 자신'은 유일한 믿음의 구석이었다. 내가 나를 변화시키고, 변화된 나로 인해 상황이 바뀌는 경험을 하면서 깨달았다. 변화와 성장의 출발점은 언제나 나라는 것을.

나는 성공한 사람이 아니라 여전히 성장하는
사람이기에, 때때로 앞날에 대한 고민으로
불안해지기도 하고 수많은 걱정에 잠을 설치기도 한다.
하지만 나는 믿는다. 성공도, 성장도 인생에서 얼마나
많은 '럭키 드로우'를 만들어왔는지에 달렸다는 것을.
당길 것인가, 말 것인가? 선택은 결국 당신의 몫이다.

드로우앤드류, 《럭키 드로우》, 다산북스, p.23

성공은 어려운데 성장은 쉬워요. 저에게 성공은
결과지만, 성장은 과정이거든요. 매일 성장한다는
말은, 매일 과정을 지나고 있다는 말과 같은데 성장을
생각하면 태도가 유연해지고, '배운다'라는 자세가
따라옵니다. 선택에 두려움이 있다면 '여기서 하나
배울 거야', '오늘도 성장할 나'라고 생각합니다.

시작의 기술

시작이 망설여질 때마다 이렇게 말한다.

"가만히 있으면 가마니가 되고, 뭐라도 시작하면 뭐라도 된다."

시작에는 기술이 필요하다. 그 첫 번째 기술은 최선만 선택하지 않는 것이다.

꿈을 향한 여정에서 1순위가 꼭 정답은 아니었다. 내가 바라는 최선이 지금 당장 불가능할 때는 차선을 택했는데 시작하다 보면 어느새 최선으로 갈 길이 열리기도 했고, 시간이 지나고 보니 당시의 차선이 사실은 최선이었던 경우도 있었다.

완벽한 조건을 기다리기보다, 일단 시작하는 것이 중요했다.

두 번째 시작의 기술은 불확실성을 즐기는 것이다. 인생은 예측 불가능하다. 미리 알고 가면 안전할지 몰라도 재미는 없다. 불확실성은 희망이자 경고다. 지금 순탄한 사람에게 풍파가 올 수도 있고, 지금 힘든 사람에게 평온이 찾아올 수도 있다. 앞을 알 수 없기에, 계속 나아갈 맛이 나는 거다.

세 번째 기술은 완벽주의에서 벗어나는 것이다. '완벽하게'를 생각하면 시작이 참 어렵다. 완벽을 추구하면서도 쉽게 시작하는 분들은 정말 존경스럽다. 나는 '어떻게 완벽하게 하지?', '어떻게 1등을 하지?'를 고민하느라 시작이 늘 더뎠다.

그래서 완벽 대신 완성에 집중하기로 했다. 1차로 완성하고 수정하고, 2차로 완성하고 또 수정하고, 3차로 완성하는 식으로 반복했다. 기한이 오면 그때의 버전이 최종본이다. 이렇게 하니 미루는 습관도, 벼락치기도 자연스럽게 사라졌다. 결과의 완벽함은 내가 정하는 게 아니라는 걸 깨달은 후, 시작이 훨씬 쉬워졌다.

네 번째 기술은 점을 찍어 선을 만드는 기법이다. 작은 점을 계속 찍어 갔다. 점 하나 찍는 것도 쉽지 않았지만, 계속 이어갈 수 있었던 것은 거창한 목표 때문이 아니라 작은 점 하나의 완성을 반복했기 때문이다. 멈추지 않았고, 서두르지도 않았다. 비록 성격은 급했지만, 꿈을 향한 길에서만큼은 조급해하지 않았다. 아주 멀리 바라보는 시선이 있었기 때문이다. 점을 찍는 순간, 그것은 곧바로 과거가 된다. 하지만 그 과거의 점들이 모여 선이 되고, 내가 걸어온 길이 된다.

다섯 번째 기술은 타이밍에 대한 관점을 바꾸는 것이다. 이

63

왕 꿈길을 걸을 거라면 빨리 걷는 것이 좋다. '늦었다고 생각할 때가 가장 빠르다'라는 말처럼, 늦었다는 생각이 드는 지금이 바로 기회다. 이루고 싶은 무언가가 생겼다는 뜻이니까. 늦었다고 느끼는 이 순간이 바로 '나만의 타이밍'인 것이다. 비교하고 계산할 시간에 시작해야 한다. 시간은 지금도 흐르고 있으니까.

선승구전(先勝求戰: 미리 이겨놓고 싸운다)은 이순신의 전략이자 시작하는 단계에서 최고의 마음가짐이다. 된다고 생각하고 시작해도 될까 말까인데, 안 된다고 생각하며 불안함을 안고 시작한다면 승리로 이어질 수 있을까? 타인의 무대가 아니라 나만의 무대로 가는 과정인데, 나의 마음가짐보다 더 중요한 것이 있을까? 이룬다고 생각하고 이루었다고 생각하고 시작하자.

결국 시작의 기술은 단순하다. 일단 하자.

시간의 주인

'나만의 무대', '무대의 주인'이라는 말이 자칫하면 내 마음대로 살아가는 삶의 태도로 오해될 수 있다. 내가 무대의 주인이 된다는 것은 언제나 내 마음대로 행동하는 삶이 아니라 건강한 삶의 태도를 말한다. 삶에서 일어나는 모든 일에 대해 건강하게 반응하며 대처할 방법을 찾는 삶을 말한다. 때로는 무대에 손님을 초대하기도 하고, 내 무대에서 외로운 누군가가 뛰어놀기도 하며, 함께 살아갈 수 있는 삶까지도 포함한다.

처음에는 방향의 중요성을 깨닫기 어려울 수 있다. 점점 걷다 보면 방향에 따라 결과가 달라지는 것을 주변이 알게 된다. 나는 느끼지 못하더라도 주변이 안다.

무엇을 바라보면서 나만의 무대를 만들어 가고, 주인이 되어 가는지가 삶의 태도를 결정하게 되고, 삶의 태도가 곧 내 무대 모습을 결정하게 된다. 그런데 올바른 방향을 설정했다고 해서 끝이 아니다. 그 방향으로 나아가기 위해서는 시간을 어떻게 다루느냐가 결정적이다.

나는 시간을 어떻게 사용할 것인가 만큼 시간을 어떻게 대하는지를 중요하게 생각하며 살았다. 유한한 시간을 그저 흘려보내는 것이 아까워서 쪼개고 쪼개서 사용했고, 어떤 날에는 하루 24시간이 모자라서 딱 30시간만 되면 좋겠다고 생각하기도 했다. 어떻게 하면 시간을 빈틈없이 잘 사용하면서 꽉 채워 살 수 있을지를 고민했다.

군데군데 흩어져 있는 자투리 시간 조각을 하나로 모아서 다시 덩어리 시간으로 확보할 때 그렇게 기쁠 수가 없다. 덩어리 시간에는 읽고 싶었던 책을 실컷 읽거나 머릿속에 꽉 찬 생각들을 종이에 뽑어내거나 영감을 찾으러 다닌다.

시간을 잘 사용하고, 시간을 아껴 쓰는 사람이 시간의 주인이 될 수 있고, 시간의 주인이 되는 사람이 하루를 주체적으로 살 수 있으며, 하루를 주체적으로 사는 사람이 무대의 주인이 될 수 있다.

결국 방향 설정과 시간 관리는 하나로 연결되어 있다. 올바른 방향을 향해 시간을 효율적으로 사용할 때, 비로소 진정한 무대의 주인이 될 수 있다.

노력을 모으는 취미생활

노력한다, 노력해야 한다는 말을 들으면 거창해 보이기도 하고 대단한 것을 해야 할 것 같은데 '노력을 모은다'라고 생각하면 방법이 평범해지고 단순해진다. '무엇을 노력할까?'보다 '어떤 노력을 모으면서 살아갈까?'라고 시선을 바꾸면 할 수 있는 것이 많다.

태어난 환경은 내가 선택할 수 없지만, 주어진 시간을 어떻게 보낼지는 내가 결정할 수 있고, 바꿀 수 있다. 노력은 누군가에게는 귀찮은 일, 누군가에게는 어려운 일이지만, 누군가에게는 꼭 필요한 일, 할 만한 일, 즐거운 일이 되기도 한다.

사실 우리는 습관적으로 여러 노력을 하면서 살고 있다. 일상에서 자주 하는 행동이기에 노력이라고 생각하지 않을 뿐이다. 치킨을 먹고 싶다고 생각만 하는 것이 아니라 치킨을 주문하고 먹을 준비를 하는 것도 아주 사소하지만, 노력의 종류다.

현실에서 하는 사소한 행동들은 내가 체감하고 있고, 눈앞에서 일어나고, 결과를 만날 수 있으니 노력이라 여기지 않는 것이다. 반면 꿈은 먼 미래의 것이라 불투명해서 알 수 없고, 하고 싶은 한 가지의 일을 위해서 '하기 싫은 수십 가지의 일'을 해야 할 때도 있으니 노력이라고 말하는 것이 아닐까.

그래서 노력은 위대한 것이고, 노력도 재능이 되는 것이다. 노력이라는 행동을 할 때는 조금 불편하고 어렵고 아플 수 있지만, 노력을 모아가는 과정은 즐거울 수 있다.

클래식 연주곡을 완성하기 위해서는 오른손과 왼손을 천천히 따로 연습한 뒤, 양손을 맞추며 수없이 반복해야 한다. 그래야만 비로소 작곡가가 의도한 박자대로 연주할 수 있다.

열정과 즐거움이 없으면 노력에 유통기한이 생긴다. 노력 자체를 성공의 수단으로만 생각하면 결과에 집착하고 중심을 잃기 쉽다. 노력에 따른 즉각적인 결과만 바라보지 말자.

결국 노력을 모으는 것을 취미로 만들 수 있다면, 노력 자체가 즐거운 일상이 될 수 있다. 거창한 목표를 위한 수단이 아니라, 노력하는 과정 자체를 사랑하는 것. 그것이 바로 노력을 모으는 취미생활이다.

태도가 바로 나

내 무대, 내 꿈에 어울리는 이상적인 태도가 있다. 지금의 내가 그 모습과 다르다면, 태도를 바꿔야 한다. 나는 태도가 곧 '나'라고 믿는다.

가끔 내가 자주 쓰는 말을 노트에 적어두고 사전에서 정확한 뜻을 찾아보곤 한다. 그럴 때마다 충격을 받는다. 뜻도 모르고 쓰는 말이 버릇이 되었고, 버릇이 나를 지배하고 있었다. 그래서 의식적으로 말 습관을 바꾸려 했다.

"죽겠다." 대신 "살겠다."

"아이고 힘들어" 대신 "아이고 피곤해, 아이고 어려워."

누군가에게 영향을 주는 사람이 되고 싶은 나에게 태도와 말 습관은 무엇보다 중요하다. 무대에서 하지 못할 말은 일상에서도 하지 않는 것, 그것이 내 원칙이다.

주인의식은 '나 잘난 맛'이 아니다. 무대를 관리하고 발전시키는 책임 있는 태도다. '내가 정답이다'라는 독선적 태도는 무대에 설 자격을 잃게 한다. 감사할 줄 알고, 사과할 줄 아는 태도, 사람으로서 기본이 되는 태도부터 배워 익혀야 한다. 태도 앞에서 자존심은 필요 없다.

바른 생활이 꿈의 시작

삶은 혼자 사는 것이 아니기에 반드시 누군가가 지켜보고 있다. 눈치를 보면서 살라는 것이 아니다. 더불어 사는 사회에서 내 과거는 내가 지우고 싶어도 지울 수 없다는 것을 모두가 알고 있다. 특히 이제는 누구나 공인이 될 수 있는 시대에서 바르고 선한 행동과 청렴한 과거는 필수 조건이다.

일단 본분을 성실히 해야 한다. 학생이라면 공부를 열심히 하고, 아르바이트 중이라면 아르바이트 현장에서 최선을 다해야 한다.

경험을 통해 무조건 배우는 것이 하나는 있다. 배움이라는 것이 늘 긍정적이지만은 않지만, 부정적이고 좋지 않은 상황에서 얻어지는 배움도 배움이다.

공부하면서 끈기를 배웠고, 엉덩이를 의자에 붙이는 훈련을 받았다. 어려운 문제를 풀면서 해답지를 보고 싶은 유혹을 견뎠고, 모르면 모른다고 말하는 용기도 냈다. 공부 잘하는 친구를 존경해 보기도 하고, 나의 부족함을 인정해 보기도 했다. 다툼의 자리를 피하기도 했고, 어려움에 놓인 친구를 적극적으로 돕지 못해 후회하기도 했다.

이런 사소한 배움과 깨달음의 조각들이 언제 어떻게 하나로 맞춰질지 아무도 모른다. 나를 쉽게 재단하지 말고, 뭘 해야 할지 모르겠다면 일단 지금 맡은 역할에 최선을 다하고 바르게 살자. 지금 내가 한 행동이 훗날 나에게 그대로 돌아온다고 생각하고, 지금 내가 뱉은 말이 훗날 나에게 그대로 돌아온다고 생각하면 쉽다. 열심은 열심으로 돌아오고, 욕은 욕으로 돌아오고, 게으름은 게으름으로 돌아온다.

지금 위치한 역할에 대한 본분을 다하는 것도 싫다면 쓰레기 함부로 버리지 않는 것부터 시작하면 된다. 욕하지 않고, 게으르게 살지 않고, 법을 잘 지키면서 사는 것부터가 시작이다. 주변을 돌보고 감사를 느끼고, 감사를 표현하며, 내가 도울 수 있는 곳에 먼저 손을 내밀며, 사람을 함부로 평가하지 않으며, 여러 감정들을 다양하게 느끼면서 아름다운 하루들을 살아가는 것부터 시작하면 된다.

특히 언어 습관과 말투, 말버릇은 한순간에 고쳐지지 않는다. 예쁜 말을 하고 상대를 세워주는 대화는 어떤 무대에서도 장점이 된다. 그래서 나의 말투와 전달력을 계속 살피고 다듬어야 한다. 이런 기본 소양을 갖추는 것부터 시작하면 된다.

다시 말하지만 착하게 살아야 해요. 근원적으로
착해야 합니다. 그래야 일탈이 생기지 않습니다.
그렇지 않고 착한 척한다면, 긴장이 풀어진 순간
단 한 번의 일탈이 인생에 돌이킬 수 없는
오점을 만들 수 있습니다. 나아가 이 모든 개인의
정보가 줌인되어 확대되고, 환기되고, 재생될 수
있으므로 앞으로는 '일상의 매 순간이 항상 건실해야
한다'는 삶의 법칙이 각자에게 요구될 것입니다.

송길영, 《그냥 하지 말라》, 북스톤, p.244

착한 성품은 재능이라고 생각해요. 타고나기도 하고,
훈련되기도 하죠. 타고난 성격은 바꾸기 힘들더라도
성품은 바꿀 수 있다고 생각해요. 나에게 가장 좋은
훈련사는 나이고, 나를 변화시킬 수 있는 사람도
나예요. 쉽게 말해서, 나쁜 성품으로 타인에게 피해를
주는 흔적을 남기는 것보다 착해서 손해 보는 편이
낫다고 생각합니다.

3.

건반을 마주하기 전

나를 아는 힘

내가 나를 아는 것에서 모든 것이 출발한다. 나라는 꽃이 시들지 않으려면, 나를 만나고 알아가는 여정이 반드시 필요하다. 어떤 꽃인지, 어떤 환경에서 자라야 하는지, 무엇을 먹어야 하는지에 대한 정보가 많을수록 나를 더 잘 가꿀 수 있다.

하지만 한때는 내가 나를 몰라서 타인이 내 삶의 주인공이 되기도 했다. 눈치를 보며 늘 조마조마했고, 상대가 원하는 말만 골라 하다 보니 나를 속이는 일이 습관처럼 당연해졌다. 그렇게 속이고 외면한 것들이 쌓여 나를 아프게 만들었다.

그래서 단순히 좋아하는 것과 싫어하는 것의 구분을 넘어서, 진짜 나에 대한 정보를 알아야 했다. 수치로 정의되는 검사나 유형으로 분류되는 테스트에만 의존하지 않고, 다양한 경험을 통해 나를 탐구해야 했다. 마치 심리 상담가처럼 내가 어떤 것을 좋아하거나 싫어하는 이유를 깊이 들여다보았다.

과거의 나, 지금의 나, 미래의 나, 내가 원하는 나, 불편한 나를 하나씩 마주하면서 비로소 진짜 내가 원하는 무대가 무엇인지 알게 되었고, 그 순간부터 나만의 무대가 만들어지기 시작했다.

내 인생, 내가 살기

내 인생을 내가 산다는 것은 자기중심적으로 산다는 것이 아니다. 나를 최고로 생각하면서 살자는 것도 아니고, 내가 정답이라는 것도 아니다. 내 인생 무대에 찾아온 다양한 감정과 다양한 상황들을 직접 겪으면서 나만의 인생을 나만의 방법으로 살아가자는 것이다.

내 인생을 내가 살고, 내가 펼쳐가면 상처가 될 법한 말에도 상처는커녕 오히려 긍정적인 영향을 받을 수 있다.

나는 모든 상황을 나에게 유리하게 해석하는 능력이 있다.

음대 입시를 준비하던 인문계 고등학생 시절의 이야기다. 비평준화였던 시절 인문계 고등학교에 다니면서 음대 진학을 준비하는 것에 대해 핀잔을 주는 선생님이 계셨다. 괜히 나와서 칠판을 지우라고 하셨고, 칠판을 지우고 있는 내 손을 보면서 "피아노 친다는 손이 뭐 그래?"라는 말을 친구들 앞에서 하시기도 했다. 콩쿠르에서 1등을 하고 돌아와도 "피아노 콩쿠르가 뭐가 대단하다고", "너 때문에 학교 수학 성적과 순위가 떨어진다"라고 대놓고 말씀하시던 분이셨다.

여러 말들이 선생님의 입을 통해 나올 때마다 내 머릿속에는 한 단어만 가득했다. '고약한 응원'. 참으로 자극적인 응원이 아닐 수가 없었다. 욕심과 열정으로 가득했던 입시생 시절이라 자극이 필요했는데 감사하기까지 했다.

선생님의 말씀에 대꾸도 반항도 할 필요가 없었다. 나에게 상처 주려고 하는 의도일 수도 있으나 의도는 선생님 것일 뿐 선생님의 의도를 내가 받아들여야 하는 것은 아니니까. 나는 내 방식대로 조용히 해석했다.

'좋았어. 나중에 스토리텔링할 에피소드 하나 확보.'

흔들리지 않는 이유

"아나운서 학원에 다녀."

진행자의 길을 걸으면서 가장 많이 들었던 말이었다. 하지만 나에게는 전혀 해당하지 않는 조언이었다. 나는 아나운서 말투나 아나운서 진행을 꿈꾼 적이 없었기 때문이다.

내가 꿈꾼 건 〈이소라의 프로포즈〉, 〈윤도현의 러브레터〉, 〈유희열의 스케치북〉처럼 평소 말투 그대로 편안하게 대화하는 진행자였다. 또박또박 뉴스를 읽듯 전하는 진행이 아니라, 관객과 비슷한 호흡으로 나누는 대화 같은 진행. 그것이 내 꿈이었다. 그래서 내가 해야 할 일은 학원에 가는 것이 아니라, 평소 말습관과 말투, 언어를 스스로 돌아보고 고쳐나가는 것이었다. 발음이 안 좋으면 교정하고, 단어가 부족하면 국어사전을 펼치면 되었다. 일상에서도 공부할 수 있는 것이 얼마든지 있었다.

나는 '편안한 대화 진행'이라는 명확한 이유가 있었기에 흔들리지 않았다. 만약 확고한 이유가 없었다면 '아, 그런가' 하며 의심하고 다른 길로 갔을지도 모른다.

모든 진행자가 아나운서처럼 말해야 한다면, 라디오 디제이도 전부 아나운서가 해야 할 것이다. 그러나 현실은 그렇지 않다. 각자의 색깔이 있고, 각자의 방식이 있다.

이 경험을 통해 깨달은 것이 있다. 내가 원하는 것, 내가 꿈꾸는 것을 구체적으로 아는 사람의 말은 조언이 될 수 있다. 그러나 겉으로만 보고 자신의 잣대로 판단해 던지는 말은 큰 도움이 되지 않는다. 특히 특별한 길을 걷고 싶은데 뻔한 길로 안내하는 사람의 말은 더더욱 그렇다. 모든 걸 조언이라 새겨듣고 따라가다 보면 중심을 잃게 된다. '나만의 무대'는 결국 내가 가장 잘 안다.

그렇다면 꿈을 향해 걷는 사람들에게 무엇을 해줄 수 있을까? 답은 간단하다. 그저 응원만 해주면 된다.

응원은 꼭 말로 하지 않아도 괜찮다. 마음으로, 기도로, 따뜻한 시선과 작은 토닥임으로도 충분하다. 꿈길을 제대로 걷는 사람이라면 이미 스스로 수많은 어려움을 견디고 있을 테니까.

'너를 생각해서'라는 포장 속에 담긴 말이 누군가에게는 상처가 되고, 잔소리가 되고, 때로는 위험한 말이 되기도 한다. 조언 또한 쉽게 건네는 게 아니다. 누가 누구를 쉽게 가르칠 수 있을까? 요즘은 손만 뻗으면 수많은 선생님과 전문가의 가르침을 접할 수 있는 세상이다. 먼저 묻지 않는다면, 우월감을 드러내기 위해 함부로 말하지 말자.

평가는 더더욱 조심해야 한다. 평가를 쉽게 내뱉는 사람들은 정작 자신이 무슨 말을 했는지조차 기억하지 못한다. 본인 삶의 기준으로 판단할 수는 있겠지만, 함부로 평가하지는 말자. 그들을 낳고 기른 부모도 자녀를 온전히 알지 못해 조심스러워하는데 낳지도, 기르지도 않은 사람들이 그들을 얼마나 알겠는가. 오디션이나 시험처럼 공식적으로 평가받아야 하는 자리가 아니라면, 평가는 그저 실례일 뿐이다.

한 번쯤 생각해 보자. 그 말이 내게 향한다면 어떨까. 내 자녀가 누군가에게 그 말을 듣는다면 어떨까.

무언가 해주고 싶다면, 응원의 한마디면 충분하다. 그거 하나면 된다.

피아노를 위한 다른 재능 찾기

잘하는 것을 찾아야 했다. 나만이 할 수 있는 것을 찾아 키우고 훈련해야 했다. 피아노는 좋아하는 것이지, 1등을 다투며 최고가 될 실력은 아니라는 것을 알았다. 그렇기에 '진짜 잘하는 것'을 찾아내 키워내고 싶었다. 위축되지 않고 당당히 설 수 있는 것, 내 무대에서 독보적으로 펼칠 수 있는 것, 같은 일을 하는 사람이 100명이라도 그 안에서 나만의 색깔을 보일 수 있는 것. 그것을 찾아 재능으로 만들고, 세상에 알려 먹고살 수 있도록 해야 했다.

기획, 연출, 대본, 진행, 연주, 반주, 이 모든 것을 한 번에 하는 피아노 연주자이자 진행자가 내가 찾고 훈련해 온 '나의 완성'이다.

아마 누군가 내 방식을 똑같이 흉내 낸다 해도 문아람처럼 하기는 불가능할 것이다. 왜냐하면 문아람이 아니니까. 더 잘하고 못하는 것은 내 무대의 핵심이 아니다. 내가 낼 수 있는 색깔, 그 색을 좋아하는 사람들에게 행복과 위로를 전하는 것이 목표다. 오랜 시간이 걸렸지만, 감히 '완성했다'라고 말할 수 있는 건, 과거의 나를 인정했던 그때의 선택 덕분이었다.

나는 피아노가 정말 좋았고, 피아노와 함께 살고 싶었다. 그러나 1등은 아니라는 사실에 위축되지 않고 피아노와 함께 살아갈 방법을 찾은 건 '인정하는 태도' 덕분이었다.

자신이 꿈꾸는 이상과 현실이 일치된다면
얼마나 좋을까? 안타깝지만 그런 사람은 거의 없다.
이 두 가지의 거리를 좁히려고 노력하는 사람이
건강한 사람이다. 꿈을 꾸는 것은 좋다.
먼 미래를 꿈꾸는 것도 좋고, 큰 꿈을 꾸는 것도 좋다.
그러나 두 발은 현실을 딛고 있었으면 좋겠다.
그리고 가능하면 그 꿈을 이루기 위한 현실,
오늘 하루에 충실했으면 좋겠다.

신영철, 《신영철 박사의 그냥 살자》, 김영사, p.91

저에게 '꿈의 출발지'는 바로 지금 여기예요.
현실을 있는 그대로 보고 인정한 다음, 지금 내가 할 수
있는 것부터 시작하는 거죠. 머릿속에는 내가 바라는
미래의 모습이 매일 펼쳐져요. 그 모습을 향해 지금의
현실을 조금씩 바꾸고 있어요. 시간은 누구에게나
주어지지만, 그걸 변화로 만드는 건 아무나 할 수
있는 일이 아니에요. 저는 상상하는 현실을 제 현실로
만들어 가려 해요.

나의 단점 사용법

10대에는 서울살이가 꿈이었고, 그 꿈은 대학 입학과 동시에 이루어졌다. 문제는 그다음이었다. 목표가 사라지자 삶의 중심을 잃었다. 선행학습이 잘된 동기들을 따라가기에 바빴고, 공부를 한다기보다 시험을 치르러 다니는 학생으로 살았다.

클래식 피아노를 공부하고 싶은 목적과 클래식 피아노에 대한 꿈이 없어서였다. 모차르트를 연습하면서 내가 왜 이 곡을 연습하고 있는지 몰랐고, 베토벤을 연습하면서 이 곡을 왜 치고 있는지를 몰랐으니 흘러가는 대로 살고, 해야 해서 했다.

목표를 잃은 대학생의 삶에는 자연스럽게 타인의 목소리가 가득했고, 타인의 말들이 진리가 되어 나를 지배하고 끌고 다니기 일쑤였다. 내가 나로 살아가지 못했고, 타인이 우선이었다.

20대의 나는 밝고 활력이 넘쳤지만, 그 좋은 빛과 에너지를 제대로 사용한 적은 학생들을 만나 피아노를 가르칠 때 단 한 순간뿐이었다.

그 시절 내 성격은 온통 단점투성이처럼 보였다. 하루 종일 걱정만 하고, 모든 상황을 걱정으로 연결하는 '걱정 부자'였고, 걱정 끝에 "어떡하지?"만 되뇌는 '어떡하지병' 환자였다. 그 결과 하루 종일 사과만 하며 살아 '사과 기계'라는 별명까지 얻었다. 세상에서 사과하는 일이 가장 쉬운 사람이 바로 나였다. 자기중심은 전혀 없었고, 우물쭈물하며 남에게 휘둘리기만 했다. 이름을 아예 '휘둘이'로 바꿔야 할 정도였다.

분명 내 안에는 생각이 있었지만, 말로 내뱉지 못해 우물 쭈물했고, 상대를 배려한다는 핑계로 나를 속이는 말도 자주 했다. 먹고 싶지 않은데 "먹고 싶다" 하고, 가고 싶지 않은데 "가고 싶다" 했다. 지금 돌아보면 그것은 배려가 아니라 나를 속이고, 동시에 상대도 속이는 일이었다. 결국 말로 인해 상황이 더 어색해지고, 연기를 해야 하는 처지가 되었다.

이처럼 타인의 감정과 말에 휘둘리며 살던 나는 자주 나를 의심했고, 나의 장점은 보지 못한 채 단점에만 몰입했다. 타인이 던진 화살에 너무 쉽게 꽂히고, 심지어는 바닥에 떨어진 화살을 스스로 집어 들어 내게 꽂기도 했다. 완벽주의 때문에 무엇이든 시작이 더뎌 세월이 걸렸고 시작이 늦으니, 완성도 늘 늦었다.

그런 나를 바꿔놓은 건 꿈이었다. 꿈을 향한 간절함과 열망은 단점이 고개를 들 틈을 주지 않았다. 꿈을 만나기 전까지는 모든 것이 단점이었지만, 꿈을 향해 달려가면서부터 단점은 하나씩 장점이 되어갔다. 걱정 많던 성격은 공연장에서 사고를 예방하고 변수를 예측하는 섬세함으로 이어졌다. 무대는 언제나 생방송이기에 판단력과 센스가 중요한데, 평소 걱정하며 대비하던 습관 덕분에 웬만한 상황은 당황하지 않고 수습할 수 있었다.

잘못이 없는데도 습관처럼 사과하던 버릇은 고치되, 기본적으로 미안함을 아는 태도는 감사와 겸손으로 연결되었다. 겸손과 교만은 종이 한 장 차이라고 한다. 나도 모르는 사이에 교만이 스며드는 것을 막는 가장 좋은 방법은 낮은 마음으로 사는 것임을 배웠다.

또, 상처를 주려는 의도가 담긴 화살만 있는 것은 아니었다. 나의 여림을 안타까워해서 날아온 자극이기도 했다. 그 아픔 덕분에 나는 성장했고, 변화할 수 있었다. 완벽주의 또한 시작만 하면 누구보다 치열하게 몰입하게 해주었다. 완벽을 향해 쏟아낸 시간과 공부는 내 피와 살이 되었고, 지금의 나를 만들었다.

단점은 없애려 한다고 없어지지 않는다. 짓밟아 누르는 것도, 애써 지우려 하는 것도 소용없다. 오히려 단점은 함께 살아가며 빚어 가고 활용해야 하는 나의 일부다. 단점을 장점으로 바꾸는 사고, 단점을 장점으로 보려는 시선, 단점을 장점으로 활용하려는 능력이 나를 성장시켰다.

　내가 바라는 무대를 떠올리며 단점 속에서 장점을 찾아내고 함께 살아가기로 했다. 아무리 어렵다 해도 나만큼 나를 바꿀 수 있는 존재는 없다. 나를 바꾼 건 결국 내 안에 있는 꿈이었다.

핑계와의 결별

핑계 중에 가장 흔한 핑계, 핑계 중에 만만한 핑계 중 하나가
'집안 환경'이 아닐까 싶다. 논과 밭으로 둘러싸인 시골에서만
살다가 음대 진학을 위해 서울로 올라왔고 대학 시절 꽤 많은
학생을 가르쳤고, 많은 사람을 만났었다.

그때 사람들에게 들은 이야기들은 대개 '더 좋은 집안에서
태어나지 못한 속상함'이었다. 이상했다. 내가 봤을 때는 서울
에 머물 집이 있고, 가족이 함께 살고, 아르바이트하지 않아도
생활이 가능하다는 것 자체가 이미 큰 특권이었는데 그들에게
는 이것이 너무나 당연했던 것일까?

그래도 서울에 집도 가족도 없고, 매일 아르바이트로 수면
부족인 나를 붙잡고 할 말은 아니지 않았나 싶었는데 얼마나
말할 곳이 없으면 나한테 말할까 싶은 마음으로 듣기도 했다.

꿈을 이루는 출발점에 '집안'이라는 것이 있기는 하지만 그
것이 절대 다가 아니다. 삶의 무대를 만들어 가는 것은 내가 할

일이지 누가 대신해 줄 수 없는 일이니까. 집안의 작용이 있을 수도 있으나 핑계를 대고 아무것도 하지 않으면 핑계만 늘어날 뿐이다.

잘 갈고 닦인 땅에서 꽃들이 함께 피어도 아름답지만, 바위 틈에서 피어난 꽃은 생명력도 강하고 잊히지 않는 법이다. 정말 아무것도 이룰 수 없는 환경에서 태어났다면 기회다. '역전의 신화'를 쓸 기회. 꿈을 이루고 나서 꿈을 꾸고 있는 이들에게 해줄 말이 얼마나 많아지는가. 집안을 보지 말고 지금 나를 보자.

너는   되잖아
      성격이

대학에 다닐 때 발표하는 수업을 좋아했고, 잘했다. 시선이 집중되어서 좋은 것보다는 내 생각과 내가 준비한 것들을 펼치는 그 순간이 좋았고 준비한 것을 전문가이신 교수님께 평가받을 수 있어서 좋았다. 그런 나에게 동기 한 명이 말했다.

"너는 발표로 점수를 얻는 쉬운 강의만 듣는 것 같아."

나는 대답했다.

"그럼, 너도 들어. 절대 쉽지 않아. 단지 나에게 잘 맞고 재밌어서 하는 거야."

대답이 돌아왔다.

"나는 발표할 성격이 안 되어서. 너는 그런 성격이 되잖아."

처음부터 무대에 편안하게 섰던 것은 아니다. 너무 내성적이고, 소심해서 누가 말만 걸어도 울던 어린 시절에 아버지께서 단단히 훈련해 주신 덕분이었다.

집 전화를 쓰던 시절, 아버지께서는 통화가 필요하시면 늘 내게 먼저 전화를 걸게 하셨다.

"안녕하세요. 저는 아버지 딸 문아람인데요. 아버지 바꿔드리겠습니다."

그렇게 나는 목소리로 낯선 분들과 간접적으로 매일 만났고, 어느 순간 낯선 사람에 대한 겁이 조금씩 사라졌다.

시골 마을이라 동네 할머니들이 많았고, 언제나 열려 있던 우리 집 대문 덕분에 할머니들과 깊이 있는 대화를 나눴다. 10대와 80대가 거실에 앉아 세대 차이 없이 맞장구치며 이야기를 나눴다. 그것은 살아 있는 공부였다. 낯선 이들과의 대화가 가족보다 달콤할 때가 많았다.

시골 초등학교를 졸업하고 시내 중학교에 입학을 앞두고 있던 나는 새로운 환경에 겁을 먹었다. 그런 나에게 아버지는 일본에 홈스테이를 구해놓고 나 혼자 해외 여행을 떠나는 처방을 내리셨다. 아시아나 항공권을 들고 대한항공 줄에 서 있었고, 기내에 들고 탄 김치의 냄새 때문에 '스미마셍'을 연신 외쳤다. 처음 만난 홈스테이 가족에게 한국 라면과 김치찌개를 끓여드렸던 14살의 일본 여행은 내 성격을 완전히 바꿔놓았다. 못 하는 것이 있으면 대신 해주시는 것이 아니라 무엇이든지 혼자 해볼 기회의 장을 열어주신 아버지를 나의 보호자로, 부모로, 양육자로 만난 것은 내 인생의 큰 축복이다.

나이가 많아도

꿈 이야기로 가득했던 단독 콘서트가 마무리된 후 할아버지께서 말을 걸어오셨다.

"아람 씨는 젊어서 꿈을 많이 꾸네요. 나는 이제 늙어서 꿈을 꾸지도 못하는데 응원할게요."

할아버지를 붙잡고 공손히 질문드렸다.

"오늘 댁에 가시면 드시고 싶으신 게 있으세요?"

할아버지께서 말씀하셨다.

"집에 갈 때 햄버거 사 갈 거예요. 햄버거 먹고 싶거든."

내가 대답했다.

"할아버지 지금 꿈꾸셨네요? 오늘 밤 할아버지의 꿈은 햄버거 맛있게 드시고 소화 잘 시키고 주무시는 거예요. 오늘 꿈 꼭 이루세요. 약속!"

하이파이브를 하고 할아버지는 웃으며 가셨다. 꿈은 거창한 것만이 아니다. 먹고 싶은 것, 하고 싶은 것도 모두 꿈이다.

종종 택시를 타면 기사님들께서는 "내가 예전에 택시 하기 전에 ~을 했었거든요." 하고 과거 이야기를 꺼내신다.

나는 그 말씀들이 지난 삶에 대한 그리움, 현재 삶에 대한 아쉬움으로 느껴졌다. 그래서 나의 작은 응원을 더 했다.

"기사님께서는 또 다른 멋진 인생을 시작하셨네요. 누군가의 안전을 책임져주시고, 저같이 면허 없는 사람이 차에서 마음껏 일할 수 있도록 도와주시잖아요"

꿈을 꾸는 데 나이는 중요하지 않다. 물론 나이가 어릴수록 기회가 많고 실패에 대한 두려움이 적을 수는 있다. 하지만 나이를 핑계로 포기하기에는, 배워서 시도해 볼 수 있는 것들이 너무 많은 세상이다.

중요한 것은 숫자로 표시되는 신체적 나이가 아니라, 정신의 나이, 마음의 나이다. 그리고 무엇보다 열정과 간절함이다. 간절함은 시간을 더디게 흐르게 하고, 때로는 시간을 멈추게도 한다. 간절할수록 시간을 쪼개 사용하게 되고, 하루를 풍성하게 채워 살게 된다. 햄버거를 먹고 싶다는 작은 바람부터, 새로운 인생을 시작하는 용기까지. 모두 나이와 상관없이 이룰 수 있는 꿈이다.

몸뚱이가 이전 같지 않고, 퇴직은 코앞이고,

애들은 떠나가고, 친구는 간데없고, 문제는 산적하고,

풀이는 점점 힘들어지고, 모든 걸 놔버리고 싶은 순간이

더 잦아지더라도, 어른은 늘 자신을 새롭게 해야 합니다.

이런 시기를 맞았거나 임박했다면 바로

생애 리셋(Life Re-set)이 필요해요.

이호선, 《이호선의 나이 들수록: 관계편》, 은행나무, p.17

몸이 예전 같지 않다는 건 그만큼 삶을 살아냈다는

거예요. 퇴직이 코앞이라는 건 긴 길을 걸어왔다는

거고요. 주변에 사람이 없다는 건 나에게 집중했다는

뜻이고, 문제 앞에서 약해진다는 건 그만큼 치열하게

살았다는 뜻이에요. 어른으로 살아왔다면 다시 시작할

자격은 충분해요. 꿈을 꾸는 데 나이는 중요하지

않아요. 꿈을 가진 사람은 나이 들지 않거든요.

언제나 생기 있고 새로워요.

결핍을 기회로 바꾸기

누군가 내게 이렇게 말했다.

"역시 결핍이 있어서 이렇게 꿈을 이뤄가는구나."

나는 그 말을, 결핍을 채우려는 노력이 성공으로 이어지고, 결핍을 극복하고자 하는 욕구가 성장을 이끈다는 뜻으로 받아들였다.

결핍을 물질에만 두지 않는다면 세상에 결핍이 없는 사람은 없다. 애정에 대한 결핍, 건강에 대한 결핍 등등.

결핍이 성공을 만드는 것이 아니라, 목표와 자발적 노력이 바라던 것을 '완성'하는 것이다. 목표를 향해 달렸고, 자발적으로 노력하고, 과정을 경험한 사람들은 완성 다음의 완성을 이루며 살아간다. 자신에게 결핍이 있다고 생각하는 사람들은 내가 나를 완성할 기회를 얻은 것이다.

결핍을 극복할 수 있는 값싸고 유익한 방법은 '긍정적 사고'와 '행동력'이다. 갖가지 방법을 사용해서라도 긍정적으로 생각하려고 애썼다.

　환경이 나를 지배하도록 내버려두지 말자. 나쁜 일이 생기면 생길수록, 내가 감당하기 힘들고 어려운 일이 생기면 생길수록 '나에게 좋은 일이 크게 한 방 오겠구나!' 하고 생각하자. 다만, 긍정적인 마음이 다치지 않게 조심해야 한다. 내 안에서 긍정의 샘이 솟게 하되, 안전한 울타리도 설치해야 한다.

　결핍은 누구에게나 있다. 그러나 결핍을 결핍이라고 부르지 않는 순간부터 별것 아닌 것이 된다. 나를 둘러싼 것 중 하나일 뿐이며, 영원한 것이 아니다. 결핍에 너무 몰입하지 말자. 결핍을 채워 가면서 나를 완성해 볼 기회를 놓치지 말자.

소심함이 열어준 연습실

교회에서 피아노 반주를 하시던 선생님을 늘 옆에서 지켜보았다. 어떻게 치는지, 피아노가 무엇인지 궁금했지만 직접 물어볼 용기가 없었다. 옆에 서 있는 것만이 내가 할 수 있는 최선의 표현이었다. 그러다 선생님이 돌아가시면 혼자 피아노 앞에 앉아, 방금 본 손가락 움직임을 흉내 내곤 했다. 그것이 피아노와의 첫 만남이었다.

흰 건반을 누르면 어떤 소리가 나는지, 검은 건반을 누르면 또 어떤 소리가 나는지 귀로 확인하며 매일 피아노를 스스로 알아갔다. 그저 궁금하고 신기해서 반복했을 뿐인데, 아무것도 모른 채 혼자 앉아 있던 시간이 어느새 내 귀를 열어주었다.

입시생이 되었을 때도 그 습관은 이어졌다. 내 악보는 빼곡한 메모로 새까맣게 덮여 있었다. 적는다고 다 잘되는 건 아니었지만, 출발이 늦은 나는 적어서라도 반드시 기억해야 했다. 선생님의 말씀을 한 번에 이해할 수 없었기에 우선 적어두고,

다음 레슨 전까지 하나하나 곱씹으며 뜻을 새겼다. 그래야 제대로 된 연주가 가능했기 때문이다.

기초 지식도, 기초 기술도 쌓지 못한 채 대학 입시 곡을 배워야 했으니 매주 내 안에서는 전쟁이 일어났고, 매 레슨은 사투였다. 1시간 동안 받는 가르침이 얼마나 소중했는지, 말씀 하나라도 잊을까 봐 전전긍긍했다. 그 시절 준비했던 '라흐마니노프 피아노 소나타 2번' 악보는 지금도 메모로 가득 덮여 있다. 돌이켜보면, 피아노 앞에서 소심하게 흉내 내던 어린 시절부터, 악보에 빼곡히 흔적을 남기던 입시 시절까지 나를 키운 건 결국 혼자 부딪히며 배우는 힘이었다. 소심함은 나를 막은 게 아니라, 오히려 나만의 연습실을 열어준 시작이었다.

어떻게 만족하며 맨날 살아요

가져본 적이 없어서 가질 것이 많은 인생이다. 제로에서 시작한 인생이 얼마나 유익한지, 내가 삶을 살면서 느낀 기쁨들을 다른 사람에게도 느끼게 해주고 싶다. 피아노를 가져본 적이 없어서 눈에 보이는 피아노가 늘 반가울 수 있었고, 피아노 앞에 앉는 순간만큼은 그 피아노가 내 것이 되어 끔찍하게 소중했다.

많은 사람이 물었다. 뭐가 그렇게 감사하냐고, 뭐가 그렇게 맨날 괜찮냐고, 뭐가 그렇게 늘 좋고 만족스럽냐고, 척하는 것 아니냐고, 거짓말하는 것 아니냐고.

그럼 나는 이렇게 말한다. 많이 안 가져봐서 그래요. 웬만하면 대부분 거의 처음이라 저는 다 신기하고 감사하고 소중하거든요. 내 손에 이미 쥐어진 것이 아니라, 내 손안으로 무언가가 찾아온 거잖아요.

모든 상황이 괜찮은 것은 제로에서 시작한 덕분이었고, 유넌기에 진짜 가져야 할 긍정 회로와 사랑받는다는 확신을 받은 덕분이었다. 눈에 보이는 것들은 살아가면서 얼마든지 내가 채워 갈 수 있는 것인데, 눈에 보이지 않는 것들은 어렸을 때 채워지지 않으면 성인이 되었을 때 스스로 얻기까지 많은 우여곡절이 필요하다. 나는 눈에 보이지 않는 것들은 다 물려받았다. 행복한 내 인생!

가장 정확한 타이밍

음대를 다니면서 가장 중요한 것은 피아노 연습이었지만 안타깝게도 나는 우선순위가 생활비를 버는 일이었다. 연습하고 남는 시간에 일을 하는 게 아니라 우선 일을 하고 틈틈이 연습할 수밖에 없었으니, 나의 24시간은 온통 연습이었고, 내가 발을 딛는 모든 곳이 연습실이었다.

예중, 예고를 다니지 않았고, 급하게 대학 입시 곡만 준비해서 입학한 터라 클래식에 대해 아는 것이 아무것도 없었다. 교수님께서 '바흐 프렐류드와 푸가'를 연습해 오라고 하셨는데 그게 뭔지 몰라서 물어보고 다녔으니 백지상태로 입학한 것과 마찬가지였다.

아는 것이 없다면 공부해야 하고, 가르쳐 주는 사람이 없다면 물어야 하고, 그래도 모르겠다면 알 때까지 공부해야 한다는 생각으로 지하철에서는 클래식에 관해 공부하고, 레슨을 기다리면서는 악보를 펼쳐 머리로 소리를 상상하면서 연습하고, 책상 앞에서는 손가락을 움직여가며 연습하고, 교회 피아노 앞에서 상상한 소리를 귀로 직접 들었다.

어렸을 때 진작 공부하고 훈련해야 했을 부분이라 생각하면 스무 살이 되어 시작한 것이 늦었다고 여겨질 수도 있지만 내 사전에 '늦었다'라는 말은 없었다. 시작한 지금이 나에게 가장 정확한 타이밍이다. 빨리해서 금방 지칠 수도 있고, 질릴 수도 있는 것 아닌가? 세계적인 천재 피아니스트로 활동하는 것이 아닌 이상 끝까지 하는 사람이 승자라는 생각으로 음대생 시절을 잘 보낼 수 있었다.

언어가 바꾸는 세상

내가 뱉지 않으려고 노력하는 말 중 하나가 '힘들다'는 말이다. 나에게 힘들다는 표현은 매우 모호하고 방대한 말이다. 힘들다고 포괄적으로 말하기보다 힘든 것의 원인을 파고들어서 그 원인을 말하려고 노력했다.

힘들다고 말하는 것 자체에는 아무런 문제가 없으나, 나에게는 맞지 않는 삶의 태도라는 것을 알게 된 후 하지 않으려고 노력하고 있다.

힘들다고 스스로 표현하면 주저앉게 되기에 '어렵다'고 말했다. 나는 주저앉아 있을 시간과 여유가 없었고, 힘들다는 감정이 나에게 주는 우울감이 커서 어렵다는 말로 바꾸기 시작했다. 어렵다는 것이 주는 희망은 방법이 있다는 것이었다. 단지 지금 방법을 모를 뿐, 가르쳐 주는 사람을 만나지 못했을 뿐이다. 가르쳐 줄 사람이 없다는 것은 내가 나의 선생님이 될 수 있다는 것이고, 내 주변에 존재하는 모든 것과 나의 모든 상황에서 가르침을 얻을 수 있다는 것이다. 선생님을 한 명으로 정해버리면 그 선생님만 의지하게 되지만, 애초에 선생님이 계시지 않으면 해결할 방법을 나만의 방법으로, 창의적으로 찾아낼 수 있다.

남들은 다들 비슷하게, 비슷한 방법으로 편하게 방법을 찾아가는 것 같고, 나만 외딴 길로 가는 것처럼 보일 때는 그것도 기회라고 생각했다. 나만의 스토리를 만들어 갈 기회.

방법을 못 찾았을 땐 일단 움직이자. 삶을 우선 살아보면서 현재를 바라보자. 두드리면 문이 열린다고 하지만, 두드리기 전에 문손잡이를 먼저 잡아 보고 돌려 보고 열어 보는 것부터 시작하자.

살아 보고 읽어본 세상

'해 봐야 안다'의 반대말은 '해 보지 않으면 모른다'이다. 세상에서 가장 안타까운 사람이 하고 싶은데 해봤자 안 될 것 같아서 해 보지도 않고 포기하는 사람이다. 했을 때 진짜로 안 될 수도 있지만 경험하고 안 되는 것을 깨닫는 것과 해 보지도 않고 안 된다고 생각하는 것은 천지 차이이다.

경험이 주는 선물 중 하나가 자신감이다. 선천적으로 타인 눈치를 많이 보는 나 같은 성격은 더욱이 많은 경험이 필요했다. 자신감이 없는데 경험을 어떻게 했을까. 그래서 꿈이 중요한 것이다.

꿈이 없었다면 시도조차 하지 않았을 일들을 꿈 덕분에 기어코 경험하게 된다. 꿈은 이유가 되어준다. 경험의 이유가 되어주고, 경험할 힘이 되어준다. 경험해야 할 이유가 없는 사람에게 경험을 하라고 하는 것은 강요가 되겠지만, 꿈이 있는 사람에게 경험은 필수다. 경험이 재산이다.

대학생 시절, 레슨을 했던 학생들의 집이 대부분 강남이어서 레슨을 가기 전에 꼭 가까이에 있는 교보문고 강남점을 들렀다. 공간을 사용하는 데 값을 내야 하는 곳들이 넘쳐나는 세상에서 무료로 신간을 읽을 수 있고, 종이책 향기를 맡을 수 있게 해주는 고마운 곳이었다.

책을 넘기며 촉감을 느끼고, 책 향기를 맡으면서 세상을 알고, 살아가는 태도를 배우게 해준 곳. 오며 가며 몇 번을 다시 들러도 눈치 한 번 주지 않고 작품들을 내어준 나의 놀이터. 내가 대학생 시절을 외롭지 않게 보낼 수 있었던 것은 교보문고와 책 덕분이었다. 그래서 레슨비를 받으면 꼭 교보문고 강남점에 들러 십일조를 하듯이 책을 한 권씩 샀다. 지금은 한 권밖에 못 사지만, 나중에는 꼭 많이 사서 은혜를 갚겠다고 다짐하며.

"사람은 책을 만들고 책은 사람을 만든다."

광화문 교보문고 입구의 표지석에 새겨져 있는 대산(大山) 신용호 창립자의 말씀처럼, 교보문고 강남점에서 읽은 책들이 나를 사람으로 만들었다. 조금 더 구체적으로는 종이책이 나를 사람으로 만들었다.

책을 통해 간접경험을 쌓고, 현실에서는 직접경험을 통해 자신감을 얻어가던 그 시절은 경험이 재산이라는 것을 몸소 깨달은 소중한 시절이었다.

내가 읽은 책들은 나의 도끼였다. 나의 얼어붙은
감성을 깨뜨리고 잠자던 세포를 깨우는 도끼.
도끼 자국들은 내 머릿속에 선명한 흔적을 남겼다.
어찌 잊겠는가? 한 줄 한 줄 읽을 때마다 쩌렁쩌렁
울리던, 그 얼음이 깨지는 소리를.
시간이 흐르고 보니 얼음이 깨진 곳에 싹이 올라오고
있었다. 그전에는 보이지 않던 것이 보이고, 느껴지지
않던 것이 느껴지기 시작했다. 촉수가 예민해진 것이다.
… 예민해진 촉수가 내 생업을 도왔다. …
무엇보다 내 하루하루를 행복하게 했다.
신록(新祿)에 몸을 떨었고, 빗방울의 연주에 흥이 났다.
타인의 언행에 좀더 관대해졌고 늘어나는 주름살이
편안해졌다.

박웅현, 《책은 도끼다》, 인티앤, p.7

제가 틈틈이 행복할 수 있었던 이유, 외롭지 않을 수
있었던 이유, 날마다 조금씩 성장하고 배울 수 있었던
이유는 바로 '책'입니다. 종이책! 책은 늘 저와 놀아줄
준비, 시간을 채워줄 준비, 가르쳐줄 준비를 하고 있죠.
지금도 항상 제 곁에는 책이 있습니다.

4.

첫음이 울리기 전

오늘을
잘 살기

오늘을 잘 살아야 한다. 잘 살자. 요즘 나에게 전하는 말이다. 대단한 결과를 이루면서 살자는 것이 아니라, 말 그대로 '잘' 살자는 말이다. 누군가에게 '잘'은 '성실하게'가 될 수 있고, 누군가에게 '잘'은 '즐겁게'가 될 수 있고, 누군가에게 '잘'은 '욕심 없이'가 될 수 있다. '잘'의 의미는 저마다 다르고 각자가 살고 있는 삶의 태도와 우선순위에 따라 달라진다.

　나에게 '잘'은 내가 보내는 하루의 모양과 맡은 역할에 충실하게 사는 것이다. 그래서 '잘'의 의미가 매일 다르고, 다양하다. 손님일 때 내가 받는 친절이 있다면 친절에 감사를 표현하는 것, 기획자와 연출가로 현장에서 무대를 감독할 때는 일이 잘되도록 철두철미하게 진행하는 것, 연주자와 진행자로 청중들 앞에 섰을 때는 밝고 환하게 내가 가진 모든 긍정의 기운을 다 전하는 것, 자녀로서 부모님에게 사랑을 표현하고 전하는 것, 무례한 사람의 무례를 가만히 받는 것이 아니라 무례에 대해 단호하게 표현하는 것, 상처를 주는 사람에게 상처받았음을 알리는 것, 쓰레기는 쓰레기통에 버리는 것이 내가 말하는 '잘'의 행동이다.

나는 순식간에 과거가 되는 오늘을 살고 있다. 과거와 오늘이 쌓여서 미래가 되고 미래는 과거와 오늘의 결과가 된다. 그래서 과거는 과거일 뿐이라는 말은 완벽하게 정확한 말이 아니다. 과거는 사라지지 않고 남아 있을 수밖에 없다. 나의 과거에 함께 존재했던 사람이 있어서 나의 과거를 함께 기억한다면 더더욱.

과거는 오늘의 또 다른 이름이자, 미래의 근거다. 미래에 만나고 싶은 나만의 무대가 있고, 미래에 살고 싶은 꿈의 장면이 있다면 오늘을 잘 살아야 한다.

과거의 상처를 계속 곱씹는 이들은 마치 과거라는

적과 싸우면서 의미 없는 섀도복싱을 하는 것 같다.

자기 비하와 자기혐오, 때로는 자기 연민을 곁들여

한 편의 비극 서사까지 만들어낸다.

관점을 한번 바꾸어보자. 상처를 곱씹는다고 해서

내 인생의 문제가 해결되지는 않는다.

타임머신을 타고 과거로 돌아가지 않는 한 말이다.

과거와의 섀도복싱이 아닌 현재와 실제로 맞붙어

싸우는 복싱을 하자. 내 인생을 앞으로 책임질 주체는

과거도 타인도 아닌 바로 현재의 나임을 잊지 마라.

전미경, 《당신은 생각보다 강하다》, 웅진지식하우스, p.48

상처 꾸러미 안에는 나의 오해와 바람이 있습니다.

내가 원하는 걸 받지 못해 상처받는 건 타인의 탓이

아니에요. 그들에게도 그렇게 하지 않을 자유가

있으니까요. 내 욕심 때문에 생긴 상처라면,

그건 곱씹을 게 아니라 성장의 숙제예요.

내가 받고 싶었던 이해와 배려를 타인에게 먼저

베푸는 사람이 되고 싶어요. 방법은 단 한 가지죠.

지금부터 그렇게 사는 것.

목표는 가까이, 목적은 멀리

가까운 곳에 작은 목표를 세우고, 그것을 이루는 성취감으로 더 큰 목적을 향해 살아간다. 오늘 맡은 무대를 잘 해내겠다는 목표를 세우고 하루하루 살아가되, 그것에 만족하지 않고 안주하지 않을 수 있는 것은 저 멀리 있는 목적 덕분이다. 내 음악과 글, 내 존재가 필요한 곳을 향해 걸어간다. 책에 남기기보다 삶으로 보여주며 살겠다는 마음, 그것이 나의 목적이다. 목표와 목적을 동시에 품은 사람은 결과에 지치지 않고, 작은 순간에 실망하지 않으며, 멀리 바라보며 계속 걸어갈 수 있다. 나는 그렇게 믿으며 산다.

방향에도 신경 써야 한다. 위로 올라가려고 애쓰는 것이 아니라 어디를 향해 가는지를 늘 생각한다. 어떤 상위 지점에 도달하는 것이 목표가 아니라 지금 이룬 꿈의 자리를 끝까지 지켜내며 무대에서 할머니가 되어서도 살아가는 것이 꿈이다. 그것을 누군가는 높은 꿈, 높은 지점에 도달하는 것이라 말할지라도 나는 그것을 향해 계속 앞으로 걷는 것이라 말한다. 높은 산을 오를 때도 위를 보면서 걷는 것이 아니라 앞을 보며 걷는 것처럼. 위만 바라보다가는 코앞에 있는 장애물을 발견하지 못하고 다치게 된다. 내가 걸어온 길이, 내가 걷고 있는 길이, 내가 걸어갈 길이 어떤 모양이든 걸을 수만 있으면 된다.

꿈을 향한 길을 걸으면서 가장 중요하게 생각하는 것이 겸손이다. 겸손하지 않으면 다 끝이라고 생각하면서 살아도 순간적으로 겸손을 놓칠 때가 있다. 강박적, 인위적으로라도 취하고 싶은 상태가 겸손이고, 가장 경계할 것이 교만이라 늘 겸손과 교만을 머리에 새기며 살려고 노력한다.

겸손을 연기하는 것은 한계가 있고, 인위적으로 하는 것 또한 한계가 있기에 나만의 방법을 찾아다녔다. 겸손할 방법보다 교만하지 않을 방법을 찾아다니다 하나의 방법에 정착했다.

내가 찾아낸 교만을 멀리하는 방법은 얼른 다시 제자리로 돌아오는 것이다. 무대에서 받는 박수와 환호는 무대에 내려놓고 오는 것, 상을 받는 기쁨과 행복은 시상식에서 끝내는 것. 박수에 취하고 환호에 취하지 않고 문아람의 자리로 돌아오는 것. 미움을 받을 수도 있고, 실수를 할 수도 있는 한 사람의 일상으로 잘 돌아와서 매일 다시 무대를 준비하고 노력한다. 지난번에 공연을 잘했다고 해서 준비 없이 잘할 수 있는 것이 아니다. 주제가 달라지고 콘셉트가 달라지는데 지난 공연에 머물러 있으면 큰일 난다. 지난 공연에서 받은 박수는 지난 공연의 것으로 두고, 다시 제로에서 시작하는 것. 그것이 내가 교만과 친해지지 않도록 하는 방법이다.

이유가
있겠지

예상치 못한 상황에 감정적으로 대응하지 않고, 어떠한 돌발 상황도 의연하게 받아들이게 하는 나의 말버릇이 있다.

'왜 나에게 이런 일이'가 아니라, '이유가 있겠지!'라고 말하기.

이유가 있을 거라고 생각하면 상황을 결과나 끝으로 여기지 않게 된다. 상황에 감정적으로 반응하거나 집착하기보다, 이유를 찾아가며 나만의 해석을 만들어 간다. '이유가 있겠지' 끝에는 '아, 역시'가 있다. '그래서 그랬구나', '이러려고 그 상황이 있었던 거구나'로 이어진다.

그 이유가 좋은 결과나 견딤에 대한 축복으로 이어질 때가 있어서 '견디기를 잘했다'로 연결되기도 한다. 하지만 나의 실수로 벌어진 상황, 내가 더 깊이 살피지 못해서 일어난 일, 내가 원인이 되어 발생한 상황이라면 '아, 이런 이유가 있었구나' 하면서 반성하면 된다. 단, '이유가 있겠지'를 게으름이나 핑계, 변명으로 사용하지 않도록 주의해야 한다.

그래봤자 과정인데

어떤 상황에서든 '또 하나 배웠다'라고 생각하는 버릇이 있다. 결과가 좋았다면 '좋은 결과로 이어지는 방법을 배웠다', 결과가 예상과 달랐다면 '다른 결과로 이끈 과정을 배웠다', 인간관계에서 어려움을 겪었다면 '어렵게 된 과정을 하나 배웠다'라고.

그냥 좀 넘기면서 살고, 쉽게 살면 안 되냐는 반문이 들 수도 있다. 하지만 이것은 내가 원하지 않는 상황을 반복하고 싶지 않은 나의 바람이 담긴 태도다. 할머니가 될 때까지, 아니 할머니가 되어서도 성장하고 싶은 나의 꿈이 담긴 태도다. 시행착오를 두려워하지 않는 것은 뭐 하나라도 배울 것이라는 생각 덕분이다. 일단 하면 뭐라도 하나 배운다.

이렇게 내가 과정 중에 있는 것이 확실하다면, 계속해서 여러 에피소드가 발생한다. 우연히, 때로는 작정하고, 알게 모르게, 대놓고.

순간순간 일어나는 사건들이 나를 지치게 하거나 포기하

게 만들지 못한 것은, 여기가 끝이 아니라는 생각 덕분이었다.

지금 어렵다고 해도 그래봤자 과정이다. 지금 불편함이 있어도 그래봤자 과정이다.

'그렇다면'이라는 접속사로 과정과 과정을 연결하면 된다. 과정들이 따로 놀지 않게, 멀리 이어가는 징검다리가 되고 선으로 이을 수 있게.

내가 나에게 해주는 말

내가 나를 응원하는 힘은 정말 크다. 힘을 내고 싶을 때는 아침에 일어나며 "나 파이팅!"을 외쳤고, 위로가 필요할 때는 거울 앞에 앉아서 무수한 말들을 건넸다. 잘하고 있다는 격려, 잘할 수 있다는 자신감, 잘 될 거라는 응원 등. 내가 약해질 때뿐만 아니라, 약해지기 전에 이미 말을 건네며 나를 향한 말들을 차곡차곡 쌓았다. 응원으로 시작한 아침, 격려로 마무리하는 저녁이 내 하루들의 경계가 되었다.

하지만 나를 응원하는 것만큼 중요한 것이 나를 지키는 일이다. 무대 밖 떠돌이로 살아가던 나는 굳이 욕을 들어먹는 아이였고, 상처라는 화살이 나에게 와서 꽂혔다 떨어지면 그 화살을 굳이 주워서 다시 나에게 꽂는 아이였다.

내가 중심을 잡고 살지 않으니 매 순간 흔들렸고, 내 생각이 없으니 타인의 생각에 이리 휘둘리고 저리 휘둘렸으며, 누군가 강하게 강압적으로 말하면 하기 싫어도 억지로 했던 아이였다.

욕하는 것과 상처를 주는 것에 자유가 있다면 욕을 먹는 것과 상처를 받는 것에도 자유가 있다. 욕하는 것과 상처를 주는 것에 권한이 있다면 욕을 먹는 것과 상처를 받는 것에도 권한이 있다.

이제는 불에 불로 대응하지 않는다. 불에 불로 대응하면 더 큰불이 날 뿐이다. 불에 물을 붓거나 불을 끄는 것에 더 집중한다. 상처를 줘도 상처로 생각하지 않는다. 내 무대에서는 상처 자체보다, 상처를 주려고 했던 사람만 스쳐 지나갈 뿐이다. 타인의 말은 타인의 것으로 생각하면서, 무례한 사람에게는 말도 더하지 않는다. 무례함에는 미소 한 번 쓱 지어주고 만다.

나에게 응원의 말을 건네는 것과 나를 해치려는 것들로부터 나를 지키는 것, 이 두 가지가 함께 어우러져야 진짜 버티고 견디는 힘이 생긴다는 것을 배웠다.

실전 대응 능력

책에서 배운 이론도 좋고, 누군가의 조언도 소중하다. 그러나 결국 무대에서, 혹은 인생의 길목에서 필요한 것은 그 이론들을 실제로 어떻게 써먹느냐이다. 꿈을 향해 걷다 보면 예고하지 않은 벽이 나타나고, 뜻밖의 감정 소용돌이에 휘말릴 때가 찾아온다. 머리로는 분명히 알고 있던 원칙이 현실 앞에서는 전혀 통하지 않을 때도 있다.

나 역시 수많은 시행착오를 겪으면서 내 방식대로 버티고, 풀고, 길을 찾았다. 완벽하지는 않았지만, 적어도 나에게는 통했던 방법들이었다. 그리고 그 경험들이 쌓이며 실전 대응 능력이라는 이름의 자산이 되었다.

내게 벽이란 도망치거나 피하는 것이 아니라 결국 뚫고 지나가야 하는 것이었다. 걱정은 하지 말라 해서 멈추는 것이 아니었고, 고민은 그만하라 해서 사라지는 것이 아니었다. 그래서 나는 끝내 고민과 걱정으로 들어가, 그것들을 정리하고 때로는 적고, 때로는 실험해 보면서 길을 찾았다.

또한 나는 감정의 회오리에 쉽게 휩쓸리는 사람이었다. 꿈도, 전공도, 직업도 감정과 맞닿아 있었기에 감정이 내 삶의 무대에서 차지하는 힘은 늘 컸다. 그러나 감정이 내 주인이 되도록 둘 수는 없었다. 감정을 객관적으로 대하는 훈련을 하면서, 음악이 흘러가듯 삶도 흘러가도록 조율하는 법을 배웠다.

실전 대응 능력이란 거창한 것이 아니다. 매일 부딪히는 벽 앞에서 주저앉지 않는 것, 감정에 삼켜지지 않는 것, 궁금하면 직접 부딪혀보는 것. 그렇게 얻은 작은 깨달음들이 쌓여 결국 나만의 무기가 되었고, 지금의 무대를 가능하게 했다.

벽을 뚫는 방법

나는 고민과 걱정이 제어가 잘 안된다. '걱정하지 마'라고 하는 주변의 말이 별 도움이 안 되고, '고민하지 마'라는 말도 힘이 되지 않았다. 머리가 알아서 걱정하고 있고, 머리가 마음대로 고민하고 있는데 내가 뇌로 들어가서 뇌를 바꿀 수 있는 것도 아니었으니까.

걱정과 고민을 정리하기 위해 산책하고 바람을 쐬러 가면, 산책하면서 걱정하고, 바람 쐬면서 걱정하는 사람이 바로 나다. 그렇게 좋아하는 바다를 보면서도 바다조차 제대로 즐기지 못할 정도로.

누군가가 나에게 가장 어려운 게 무엇이냐고 묻는다면 조금의 고민도 없이 멍 때리기라고 말할 만큼 걱정 부자, 고민 부자로 살아간다.

걱정과 고민을 조금 큰 꾸러미에 담아본다면 생각이라 할 수 있다. 그래서 고민이 생기면 고민하고, 걱정이 생기면 걱정하고, 벽을 만나면 부딪히고, 터널을 만나면 빛이 보일 때까지 걷기로 했다. 대신 고민만 하지 않고, 걱정만 하지 않고, 전략 없이 부딪히지 않고, 무작정 걷지 않았다. 고민과 걱정이 나의 시간을 낭비한다면 이 녀석들이 어디에서 왔는지 적어보았다. 그리고 해결하거나, 해결이 안 되면 내 능력 밖이라는 것을 인정하고 놓아주었다.

이런 고민과 걱정만큼이나 나를 괴롭히는 것이 감정이었다. 지나치게 감정과 친한 나는 전공도, 직업도 감정을 표현하는 일이라 감정과의 상호작용이 늘 섬세했다. 일을 할 때는 좋은데 일상에서, 특히 꿈길 여정에서 감정의 회오리에 갇히게 되면 잘 빠져나오기 힘들 때가 많았다. 어렸을 때는 더욱더.

감정의 지배를 잘 받는 성격임을 알아차린 이후로 감정은 내가 소유하는 것이 아니라, 머물다 가고 머물다 보내는 것이라는 생각을 머릿속에 심었다. 머물다 가는 즐거움, 머물다 가는 행복, 머물다 가는 고통, 머물다 가는 상처, 머물다 가는 슬픔. 이렇게.

대학에서 베토벤 소나타 2악장 레슨을 받는 중에 교수님께서 말씀하셨다.

"아람아, 2악장의 느린 박자와 베토벤의 감정을 네가 아는 것은 기특한데 너무 깊이 빠지지 말고 감정을 객관적으로 바라보면서 연주해 봐. 지금은 감정만 너무 깊이 들어가서 전체적으로 박자가 너무 느려지고 음악이 흘러가지 못하고 있어."

나를 관통하는 말씀이었다.

감정에서 잘 헤어 나오지 못하는 것이 늘 스트레스이자 고민이었던 나에게 감정을 객관적으로 바라보라는 말씀은 음악에도, 삶에도 기가 막힌 조언이 되었다. 감정을 관대하게 바라보는 연습을 할수록 연주하는 자세도 바뀌었다. 감정의 소용돌이 핵에서 살다가 멀리서 바라보는 연습의 시작이었다. 음악에서도 내 삶에서도.

천성이 걱정과 고민이 많은 사람은 걱정과 고민을 완벽하게 없애기 힘들다. 그래서 나는 앞으로도 계속 고민과 걱정, 그리고 감정을 잘 활용하면서 함께 잘 지낼 생각이다.

해보길 정말 잘했다

후회나 미련이 생기면 강하게 영향을 받는 성격이라 후회와 미련을 남기지 않는 20대를 보내고 싶었다. 30대가 되었을 때 해볼걸 하면서 시간을 낭비하고 싶지 않았다.

부끄럽지만, 대학을 졸업하고 거리 공연을 시작하기 전에 아주 잠깐 모델 학원에 다닌 적이 있다. 피아노 말고는 가진 재능이 없어서 모델 피아니스트는 어떨까 하는 단순한 호기심에 이끌려 등록했다. 짧은 시간에 내 안에 없던 자아들이 총출동하는 이상하고 어색한 경험이었다. 철저히 외모로 평가받는 세계에서 나는 자신감을 잃고, 재미도 못 느끼고, 시간이 아깝기만 했다. 가장 중요한 것은 즐거움이 없었다. 내가 가장 중요하게 생각하는 게 즐거움인데.

돈 주고 경험을 샀다고 생각하고 조금의 미련도 없이 접었다.

작은 모델 대회에서 상을 하나 받는 것으로 끝난 경험이었지만, 역시 경험은 쓸데없는 것이 하나도 없다는 나의 신념은 여기에서도 적용되었다. 무대에서 힐을 신고도 잘 걷는 방법을 배웠고, '여기는 내 무대가 아니다. 이 옷은 나와 어울리지 않는다. 경험해 보기를 정말 잘했다'라는 배움도 얻었다.

이처럼 직접 뛰어들어 경험하며 내 길을 찾아가는 과정에서 깨달은 것이 있다. 나만의 무대이기에, 방법 또한 나만의 방법이라는 것이다. 과거에 여러 사건을 겪었던 나를 타인의 관점에서 바라보면 응원이 저절로 나온다. 그때의 나는 지금의 내가 이 무대에 서 있는 것을 마치 예상한 듯한 태도로 삶을 살았다. 난 반드시 이룰 거라는 확신을 가지고 삶에 임했기에 모든 것이 거뜬하고 아무렇지 않았다.

얼마나 큰 것을 담으려고

어려운 상황이 불편한 이유는 무엇일까? 시련이 아픈 이유는 무엇일까? 아마 내가 원하지 않은 감정과 상황이어서가 아닐까.

나만의 무대에서 주인이 되어 신나게 뛰어논다는 것은 나의 무대에서 언제나 좋은 일만 일어나고 행복하고 신나는 일만 펼쳐져서가 아니다. 내 무대에서 일어나는 모든 상황을 잘 받아들이고 잘 소화하고 잘 만난다는 것이다. 넘어지고 좌절되는 상황을 그저 상황으로 받아들일 줄 안다는 것이다. '아, 어려워, 속상해'라고 감정에 빠져 있다가도 상황 자체를 어려운 상황으로 정의하고 '어려움'이라는 수식어를 다른 것으로 바꿀 방법을 찾는다.

개인적으로 성향의 차이나 MBTI의 차이라는 핑계를 싫어한다. 극복에 관한 결과는 간절함과 노력이 결정하는 것이지 성향과 성격에 따라 달라지는 것이 아니다. 극복할 마음이 있느냐 없느냐, 극복할 의지가 있느냐 없느냐, 극복에 대한 간절함이 얼마만큼이냐에 따라 상황은 역전이 되기도 하고, 그대로가 되기도 한다. 극복을 다루는 방식과 방법에 성향이 어떠한 작용을 할 수는 있지만 극복할 수 있는 성격과 할 수 없는 성격이 따로 정해져 있는 것은 아니다.

시련이나 고난을 내 안에서 어떻게 받아들이느냐에 따라 극복의 시간이 달라진다. 불만과 짜증, 불평 같은 감정이 순간적으로 올라올 수 있지만, 그 감정을 다스릴 수 있다면 어느새 감사로 바뀐다.

'와. 도대체 내가 얼마나 크게 되려고 내 그릇이 이렇게 넓혀지는 걸까?', '내 스스로 넓히지를 못하니까 상황을 사용해서 넓혀지기까지 하다니', '무엇을 얼마나 담게 될까 기대되는 걸?' 하면서 시련과 고난을 환영하게 된다. 이 과정이 자연스럽게 내 몸과 마음, 머릿속에 자리 잡게 되면서 모든 불안이 사라졌다. 인위적으로 취하는 태도라기보다 이렇게 살았더니 이런 사람이 되었다고 해야 할까.

상황에 대한 태도는 전적으로 나에게 달렸다. 감정으로 연결할 것인지, 성장으로 연결할 것인지 내가 결정하면 된다.

메인스테이지

MAIN STAGE

무대에 선다는 것, 무대의 주인이 된다는 것은
겉보기엔 같아 보이지만, 전혀 다른 일이다.
누구나 무대에 오를 수 있다.
그러나 자기만의 색으로 채워낼 때
비로소 그 무대는 진짜가 된다.
무대의 주인은 완벽한 사람이 아니라
자기만의 방식으로 무대를 완성하는 사람이다.

1.

나를 기다린 순간

내 인생 거리
최고의 무대

2014년부터 신촌역 3번 출구 홍익문고 앞에서 주말마다 거리 공연을 했다. 꿈이 실현된 나의 첫 무대였다.

내가 꾼 꿈은 아주 구체적이었다. '내 돈으로 공연장을 직접 대관하지 않고도 정기적으로 오를 수 있는 무대, 객석이 안 찰까 봐 전전긍긍하며 지인들에게 공연을 보러 와달라고 부탁하지 않아도 되는 무대, 나를 보고 싶어 하고 만나고 싶어 하는 분들이 찾아주시는 무대, 피아니스트가 아닌 다른 이름으로 피아노와 함께 오르는 무대, 청중과 직접적인 소통이 있고 나의 언어가 음악과 청중을 연결하는 무대'에 오르는 것이었다.

세세하게 꾼 꿈이기도 하고, 현실 반영형 꿈이기도 했다. 내가 물질적으로 풍요로웠다면 이런 꿈을 절대 품을 수 없었을 것이다.

거리에서 하고 싶은 것들을 다 했다. 이 장르, 저 장르 연주해 보며 어떤 연주를 할 때 가장 나다운지 알게 되었고, 어떤 음악이 나와 어울리는지, 사람들의 시선을 받을 수 있는지도 깨달았다. 그리고 정말 많은 청중을 만났다. 내가 연결고리가 되어 처음 만난 사람들과 함께 음악을 즐기고 노래를 부르며 신촌의 주말 밤을 새겨나갔다.

진행자로서 갖춰야 할 기본적인 태도와 소양을 거리에서 다 배웠다. 처음에는 말이 얼마나 빨랐는지 모른다. 많은 분이 찍어서 올려주신 유튜브 영상들이 있었지만 부끄러워서 잘 보지 못했는데, 아버지께서 보시고 말이 너무 빠르다고 말씀해 주셨다. 입에 사탕 하나를 물고 말하든지 평소에 말을 느리게 하는 연습을 꼭 하라는 조언을 주셨다. 웅얼웅얼했던 말도 점점 또박또박 해졌고, 수줍어하던 모습도 제법 대범해졌으며, 피아노 연주도 나만의 색깔을 찾아갔다. 그렇게 배움의 연속이었던 거리에서 언제 찍혔는지도 모르는 홍낙현 선생님의 촬영 영상이 지금의 나를 있게 했다.

하지만 거리 공연 2년 차까지는 피아노 앞에 앉기가 무섭고 두려웠다. 연주를 들어주는 관객이 한 명도 없을 때가 많아서 창피하기도 했고, '어차피 듣는 사람이 없을 텐데'라는 생각에 가기를 망설였던 적도 있었다. 정기적으로 무대에 설 수 있다는 사실만으로도 감사하며 호기롭게 시작했지만, 막상 현실 앞에서는 매회가 견딤과 용기의 연속이었다.

그런데 어느 순간 '온 자연이 나를 응원해', '홍익문고 앞에 있는 나무가 일주일 동안 내 연주를 기다려', '구름이 연주를 들으러 몰려오고 있어', '거리에 넘쳐나는 소리가 나와 함께 연주해'라는 생각이 들었다.

어디를 가나 나와 함께하는 존재가 나 자신 외에 하나 더 있었다. 바로 자연이었다. 비가 내리면 비를 위로 삼고, 날씨가 좋으면 파란 하늘을 내 안식처의 지붕 삼고, 날씨가 흐리면 흐린 대로 감성에 젖고, 나뭇잎이 흔들리면 흔들리는 박자에 기대보고, 고민이 있으면 바람의 위로를 받기도 했다. 자연이 내 편이라는 생각을 하기 시작하면서 대자연이 품은 기운을 전해받는 것만 같았다. 요즘도 해결되지 않는 숙제가 생기면 숙제 앞에 서기보다 얼른 고개를 들어 하늘을 바라본다.

일상을 살아갈 때 하늘을 얼마나 올려다보는지 생각해 보자. 언제나 존재하는 하늘인데, 고개만 돌리면 힘을 주는 하늘인데, 앞만 보며 걷느라 자연이 주는 응원을 받지 못하고 있는 것은 아닌지.

삶이라는 무대에서 살아가고 있는 모든 이에게 자연은 근심할 틈을 주지 않는다. 외로울 틈을 주지 않는다. 내가 찾는다면.

절벽 끝에서 날개가 되어준

거리 공연을 이어가던 2017년 11월, 내 삶은 가장 어둡고 길을 잃은 시간으로 들어갔다. 그렇게 사랑하던 거리 공연을 멈춰야 했고, 그렇게도 사모하던 꿈의 장면들을 태어나서 처음으로 내려놓으려 했다. 목숨처럼 여겼던 무대를 향한 열정의 불씨, 그 어떤 상황에도 꺼지지 않았던 불씨가 힘을 잃고 사라지고 있었다. 누군가가 꺼뜨린 것이 아니라, 더 이상 내가 살리지 못한 것이었다.

2017년 11월부터 2018년 8월까지, 나는 극심한 사이버 스토킹을 경험했다. 한 외국인의 집착과 협박이 사이버 스토킹으로 이어졌고, 2018년 여름에는 단독 콘서트를 앞둔 나를 살해한다는 위협으로 번졌다. 한국에 입국해 콘서트장을 찾을 것이며 나와 관련된 사람들을 해칠 것이라는 메시지를 보내왔다.

처음에는 '이러다 말겠지', 두 번째는 '차단하면 포기하겠지', 세 번째는 '무시하면 멈추겠지'라고 생각했다. 하지만 '입국하겠다'라는 메시지를 받은 순간, 더 이상 혼자서는 감당할 수 없었다. 관할 경찰서를 찾아가야 했다.

진정서와 고소장을 제출했지만, 돌아온 대답은 냉담했다.

"이런 일 흔해요. 한국에 안 들어올 거예요. 사이버상에서 일어나는 것뿐인데요. 뭘."

계속되는 협박에 다시 고소장을 제출했으나 결과는 같았다. 법무부와 외교부에도 상담을 요청했지만, 법무부는 외교부에, 외교부는 법무부에 전화해서 문의하라는 대답만 돌아왔다.

"다치셨어요? 죽었어요? 멀쩡하시잖아요. 다치시면 연락하세요. 법이 그래요."

이런 답변까지 들으며, 나는 피해자의 막막한 현실이 무엇인지 뼈저리게 경험했다.

마지막이라 생각하고 다시 찾아간 경찰서에서 젊은 신입 형사를 만났다. 그분은 처음으로 내 이야기를 진지하게 들어주었다.

"내일 스토커가 한국에 입국한다는 메시지를 받았습니다. 무섭습니다. 도와주세요."

그날 밤, 경찰서에서 전화가 왔다.

"내일 오전 9시, 경찰서로 오실 수 있습니까?"

두드리면 열린다고 하였는가. 나는 뜬눈으로 밤을 지새웠다.

다음 날, 늘 안내받던 조사실이 아닌 강력계 계장실로 안내받았다. 계장과 수사관, 여러 형사가 모여 있었다. 그들은 밤새 나를 검색해 보고 내가 어떤 사람인지 확인했다고 했다.

"인천공항에 형사들을 잠입시켰습니다. 긴급 체포영장도 신청했습니다. 지금부터 우리가 돕겠습니다."

그때부터 나는 조사실에서 담당 과장님과 함께 이틀을 보내며 그동안의 일을 하나하나 기록으로 남겼다. 식사도 거를 만큼 긴 조사가 이어졌지만, 스토커는 그 와중에도 계속 메시지를 보내왔다.

그 메시지 중 하나에서 나는 낯익은 단어를 발견했다. 곧 열릴 콘서트장 근처 숙소의 이름 같았다. 스토커가 보낸 스펠링 그대로 검색하면 결과가 나오지 않았지만, 그는 영어가 서툴렀고 번역기를 사용한다는 사실, 그리고 내 콘서트장 근처에 숙소를 잡을 가능성이 높다는 직감이 겹쳤다.

"형사님, 이 사람 여기 숙소를 예약한 것 같아요."

"거기에 있을 거라는 메시지가 온 건가요?"

"아니요. 제 추측인데…… 저는 확신합니다."

돌아온 대답은 짧은 웃음이었다. 비웃음인지, 긴장된 상황에서 나온 웃음인지 알 수 없었다. 순간 서운했지만, 수사관은 내 추측을 현장에 나가 있는 형사들에게 곧바로 전달했다.

이후에도 계속 조사가 이어졌다. 그때 수사관의 휴대전화가 울렸다. 통화를 마친 그는 잠시 나를 바라보다가 조용히 말했다.

"아람 씨가 맞았네요. 그 숙소 투숙객 명단에서 스토커 이름이 확인됐습니다."

온몸이 굳어졌다. 조사는 이어졌고, 다시 수사관의 전화벨이 울렸다. 이번엔 통화 후 내 눈을 똑바로 보며 단 한 마디를 건넸다.

"놀라지 마세요."

그 말이 전해지는 순간, 조사실의 공기와 시간이 모두 멈춘 듯했다. 짧은 정적 뒤, 수사관의 목소리가 또렷하게 이어졌다.

"잡았습니다. 형사들이 현장에서 체포했고, 지금 이곳으로 압송 중입니다."

그제야 가슴 깊숙이 웅크리고 있던 두려움이 무너져 내렸다. 긴장으로 얼어붙었던 심장이 크게 내려앉았다.

그 후 수사와 재판이 이어졌고, 판결은 징역 2년, 집행유예 1년, 강제 출국과 5년 입국 금지였다. 하지만 판결 이후에도 재범은 이어졌다. 공조 수사를 요청했지만, 돌아온 대답은 처음과 다르지 않았다.

"스토커가 한국에 들어오면 다시 신고하세요."

현지 대사관의 답변도 마찬가지였다. 마지막까지 의지할 곳이 없다는 허탈함이 나를 감쌌다.

사건이 종결된 후 내게 남은 질문은 하나였다.

"내 무대에 내가 초대하지 않은 이 사건이 왜 일어난 걸까."

나는 음악으로 누군가를 위로하고 응원하려 무대에 서 왔다. 그런데 내가 누군가의 죄를 유발한 원인이 될 수도 있다는 사실이 너무 불편했다.

이런 마음을 안고 무대에 서면 청중의 따뜻한 응원을 잠재적 위험으로 의심하는 꼴이 되지 않을까. 두려움과 염려가 앞섰다.

결국 피아노 앞에 앉을 수 없었다. 잠시일지, 영원일지 알 수 없는 멈춤을 선택했다. 거리 공연부터 하나씩 마침표를 찍고, 페이스북 페이지와 인스타그램, 개인 계정을 차례로 닫았다.

그 과정에서 여정이 담긴 사진과 수많은 댓글을 다시 읽었다. '마지막'이라는 마음은 모든 것을 특별하게 만들었다. 감사했고, 또 감사했다.

"내가 뭐라고 이렇게 좋아해 주실까. 부족한 연주를 들어 주시는 걸까."

그런 생각을 하며, 지금의 나를 있게 한 홍낙현 선생님의

영상을 떠올렸다. 영상 속 댓글 하나하나를 읽
을 때마다 눈물이 고였다.

　마지막으로 개인 메시지 함을 열었다. 스토
커 때문에 열지 못했던 그곳에는 새로운 메시지들이 쌓여 있었
다. 그중 내 눈을 멈추게 한 것은 2018년 3월 13일에 도착한 한
통이었다.

　"안녕하세요. 저는 교보문고 본사에서 근무하는 OOO 과장
입니다. 유튜브에서 피아노 연주를 보고 연락드렸습니다. 저희
가 주최하는 문화 공연을 진행하실 수 있는지 알고 싶습니다."

　그 메시지를 확인한 것은 재판이 끝난 8월이었다. 무려 다
섯 달이 지나 있었다. 내가 그토록 사랑하던 교보문고, 그곳의
공연이라니. 늦게 확인한 것이 속상했지만, 상황상 어쩔 수 없
었다. 그저 메시지를 받았다는 사실만으로도 감사했다. 그래서
조심스럽게 회신을 보냈다.

　"안녕하세요, 과장님. 답장이 너무 늦어 죄송합니다. 다음
에도 기회가 있다면 아래 메일 주소로 연락 부탁드립니다. 감
사합니다. 문아람 드림."

　마음을 비우고 회신을 보냈는데, 다음 날 바로 답장이 도착
했다. 10월에 시작되는 교보문고 북뮤직 콘서트 보라쇼 첫 회
오프닝 공연에 대한 제안이었다. 20분간의 연주를 맡아 달라

는 부탁. 메일 끝에는 이렇게 적혀 있었다.

"저희 교보문고와 좋은 인연이 닿기를 희망합니다."

너무 늦은 답장에 이렇게 빠른 회신이라니. 과장님과 보라 팀장님의 성품에 감탄하며, 미팅 끝에 10월 20일 첫 보라쇼 오프닝 공연을 맡게 되었다.

긴 스토킹과 경찰 조사, 스토커 체포와 재판, 추방까지. 모든 것을 내려놓은 직후, 교보문고의 무대가 내 앞에 다시 열렸다. 사랑의 빚을 지고 있던 나의 놀이터 교보문고에서 마지막을 장식할 수 있다니 그 자체로 기적이었다.

그 무대는 내게 단순한 기회가 아니라 '유종의 미'였다. 나는 마지막을 아름답게 장식하고 싶어, 오히려 더 큰 제안을 했다.

"과장님, 오프닝을 제 친구 뮤지션들과 함께 풍성하게 꾸미고, 클로징에도 짧게 공연을 넣으면 어떨까요? 또 작가와 도서를 미리 알려주시면, 책과 어울리는 곡을 연주하며 토크 콘서트 형식으로 만들어 볼게요."

나의 제안을 흔쾌히 허락해 주시고 기회를 주신 과장님, 그리고 1회에서 시작해서 3회, 6회로 이어진 보라쇼.

마침표를 찍게 해줄 줄 알았던 보라쇼는 나를 다시 살게 했고, 나는 보라의 뮤즈로 음악과 언어를 연결하고 있다.

마치 내가 쌓아온 모든 성실과 노력이 모여서 이제 우리가 보답하자고 의논한 듯했다. 꿈의 조각들이 합쳐져 내 손을 붙잡아준 것 같았다. 내가 꿈을 붙든 게 아니라, 꿈이 나를 붙든 것이다.

나는 그때 깨달았다. 감당하기 어려운 상황을 억지로 넘기려 애쓰기보다는, 감당하기 어려운 그 자체를 경험하는 것이 더 중요하다는 걸. 버티는 것, 울 수 있다면 우는 것, 누군가에게 털어놓는 것. 그 작은 행동들이 다음 상황으로 연결되는 고리가 된다.

내가 멈추지 않으려 했던 이유는 단 하나였다. 주저앉고 싶지 않았기 때문이다. 살면서 감당하지 못할 일은 또 찾아온다. 그때마다 무대를 내려놓을 수는 없다. 어떤 시련이 와도 내가 사랑하는 것을 완전히 놓아버리고 싶지 않았다. 그리고 나는 결국, 내 진심을 알아봐 준 꿈 덕분에 다시 무대로 돌아왔다. 때로는 우리가 꿈을 향해 달려가지 않아도, 꿈이 우리를 향해 달려올 때가 있다. 그런 순간을 믿고 기다리는 것도 용기다.

세상에서 가장 로맨틱한 북뮤직 콘서트

보라쇼는 대한민국 최고의 '북뮤직 콘서트'라는 타이틀을 가진 무대다. 책과 음악이 하나 되고, 작가와 독자가 하나 되는 마법이 매회 펼쳐지는 곳이다. 나는 그 무대에서 책과 음악을 잇고, 작가와 독자를 연결하는 영광스러운 역할을 맡고 있다.

보라쇼의 무대에 선 내 모습은 내가 오랫동안 꿈꾸던 장면이었다. 어릴 적부터 거울 앞에서, 싱크대 앞에서, 길을 걸으며 중얼거리던 말들이 이제는 광화문 교보생명 빌딩 23층 대산 홀에서 펼쳐지고 있다. 신촌역 홍익문고 앞 거리 무대, 교회의 작은 성탄 무대, 그리고 수많은 무대가 모여 이곳으로 이어졌다.

피아니스트가 되고 싶은 사람이 매일 피아노를 연습하듯, 진행자가 되고 싶다면 매일 진행을 연습해야 한다. 나는 '나의 하루'라는 무대에서 이미 진행자로 살아왔기에, 보라쇼라는 무대 앞에서 두렵지도 떨리지도 않았다. 혼잣말처럼 흘리던 말

들을 들어주고, 지켜봐 주고, 평가해 주는 청중이 있다는 것만
으로도 기쁘고 즐거웠다. 평가를 받는다는 것은 곧 성장할 기
회를 얻는다는 뜻이다. 영상 모니터링으로는 알 수 없는 부족
함과 가능성을, 다양한 시선과 입장에서 발견하게 되니 감사할
수밖에 없다.

누군가가 나를 알아준다는 것은 얼마나 행복하고 기적 같
은 일인가. 내가 굳이 말하지 않아도 나의 노력과 수고, 정성과
고민을 알아주는 곳이 있다. 때로는 나보다 더 나를 생각해 주
고, 챙겨 주고, 살펴주는 사람들이 있는 곳. 그곳이 바로 보라
쇼다. 나는 그저 맡은 일을 했을 뿐인데, 매회 큰 선물을 받는
다. 내가 무대에서 쏟아낸 진심과 정성이, 고스란히 돌아와 나
를 감싸주는 따뜻함을 경험하고 있다.

그래서 내게 보라쇼는 꿈이 준 선물 같은 곳이다. 내가 꿈
을 놓으려 했던 바로 그 순간, 오히려 꿈이 나를 붙잡아 준 사
건 같은 곳이다. 오랜 시간 나를 품고 놓지 않았던 그 정성이,
보라쇼라는 무대를 통해 내게 보답해 준 것이다. 이 무대는 단
순히 내가 얻어낸 기회가 아니다. 내가 포기하려던 순간에도
나를 믿고 기다려 준 꿈이, 마침내 나에게 건네준 최고의 선물
이다.

보라쇼에서 나는 작가와 독자가 책 속으로 걸어 들어갈 수

있는 '퍼플카펫'을 음악으로 깔아드린다. 미끄럽지 않고 돌멩이 하나 모래알 하나 밟히지 않는, 세상에서 가장 안전하고 부드럽고 로맨틱한 카펫. 그 위를 걷는 순간 잠시 일상을 잊고, 근심을 내려놓고, 이 순간만큼은 단독 주인공이 되기를 바라는 마음으로.

준비 과정은 단순하다. 하지만 그 단순함 뒤에는 온 마음이 담겨 있다.

먼저 책을 읽는다. 수없이 읽는다. 독자로, 기획자로, 연출가로, 작가의 마음으로. 관련 기사와 영상, 북콘서트와 인터뷰를 찾아본다. 작가의 성격과 목소리를 느낄 수 있는 것은 모두 찾아본다. 책에서 영감을 찾는다. 떠오를 때까지, 받을 때까지. 떠오르지 않으면 책을 끌어안고 잔다. 보라쇼가 열릴 날까지 책은 늘 내 곁에 있다.

음악도 마찬가지다. 수없이 듣고, 수없이 찾는다. 책과 만나는 지점을 찾을 때까지. 그리고 책과 음악 사이에서 대본을 쓴다. 쓰고, 고치고, 또 고친다. 혼자 리허설을 하고, 녹음해 들어보고, 독자의 입장과 작가의 관점에서 다시 들어본다. 나의 온 진심과 영혼을 음악과 언어에 담는다.

소설이면 주인공이 되어보고, 자기계발서면 작가가 되어보고, 주식 책이면 투자자가 되어본다. 노력하다 보면 신기한 순간이 온다. 내가 '글쓴이'가 되어버리는 순간이.

보라쇼 하루 전쯤이면 나는 작가가 되어 있다. 이 책이 너무나 사랑스럽고, 마치 내 아이처럼 소중해진다. 노력이 주는 선물이다. 책이 나에게 '나를 이렇게 예뻐해 줘서 고맙다'라고 건네는 선물 같다.

차인표 작가의 보라쇼를 앞두고도 그랬다. 직접 인터뷰하는 방식이었기에, 나는 인물 하나하나의 삶을 상상하며 하루씩 살아보았다. 나고단으로 살고, 이보출로 살고, 또 박대수와 정유일의 삶으로. 그러던 어느 날, 네 인물이 꿈속에 함께 나타나기도 했다. 단순히 독자의 질문이 아니라 인물의 관점에서 묻고 싶었다. 그래야 그 인물들과 닮아 있는 독자들의 마음까지 닿을 수 있다고 믿었기 때문이다.

이 모든 과정은 나의 최선이다. 돈이 드는 것도 아니고, 오직 시간과 마음과 감정만 바치면 되는 값진 최선이다. 그 노력이 언어 속에 녹아들면, 무대에서 무심코 흘러나온 말 한마디가 나의 진짜를 드러내 준다. 그래서 대본은 종이 위의 문장이 아니라 이미 내 입에 담긴 언어가 된다.

그렇게 보라쇼는 무대에 오르기 며칠 전, 내 삶 속에서 먼저 막이 오른다.

"안녕하세요. 세상에서 가장 로맨틱한 북뮤직 콘서트 보라쇼에 오신 여러분을 진심으로 환영합니다. 저는 보라쇼에서 로맨틱을 담당하며 책과 음악을 연결하고 있는 보라의 뮤즈 문아람입니다."

책과 음악, 그리고 대화

아티스트로서 책과 음악에게 고마운 것은 그저 나를 받아준다는 사실이다. 내가 어떤 사람인지, 무엇을 하는 사람인지, 어떤 일을 하고 있는지, 어떤 프로필을 가졌든지 상관없이 책은 언제나 펼칠 기회를 준다. 읽기만 하면 영감을 주고 지혜를 준다.

음악 또한 그렇다. 찾아 듣기만 하면 영감을 주고 메시지를 준다. 나에 대한 조금의 고민도 없이 말이다. 책과 음악이기에, 그리고 책과 음악을 좋아하시는 분들 앞이기에 '아티스트'라는 또 하나의 이름을 겁 없이 내 이름 앞에 새길 수 있는 것이다.

책과 음악 곁에는 대인배가 가득하다. 나는 그저 독자 앞에 서는 것이 아니라, 책과 음악을 좋아하는 너그럽고 넓은 마음 앞에 서는 것이다.

좋아하는 작가의 강연을 들으러 온 독자들의 마음 문을 낯선 아티스트가 열기 위해서는 섬세한 전달과 진심이 담긴 표현이 중요하다. 말 한마디도 진심으로 하고, 한 분 한 분을 바라보며 최대한 많은 분께 시선을 보낸다.

선곡할 때도 반드시 설득력을 갖추도록 연주곡을 찾아 헤맨다. 이 곡을 연주했을 때 설득이 된다면 어떤 부분에서일까? 감동이 있다면 왜 감동이 있을까? 설득하지 못한다면, 감동을 주지 못한다면 왜일까? 쪼개고 쪼개서 시나리오에 파고든다. 그리고 나만이 할 수 있는 문아람이어서 가능한 색깔과 톤을 디테일 속에 파묻는다.

내가 가장 추구하고 좋아하는 디테일은 바로 진심과 진정성이다. 모든 언어와 음악에 진심을 꽉 채워 담고, 내 손끝과 입에서 진정성을 느끼실 수 있는 디테일을 찾는다.

디테일은 끝이 없다. 디테일할수록 더 디테일해질 뿐이다. 하지만 그 끝없는 과정에서 무대는 더욱 완벽해지고, 독자들의 마음에 더 깊이 닿을 수 있게 된다.

청중이 주인공이 되는 무대

내가 아무리 최선을 다했다고 해도 나의 최선이 전달되지 않으면 그것은 최선을 다한 것이 아니다. 내가 아무리 스스로 만족하는 연주를 했다고 해도 청중이 동의하지 않으면 좋은 연주가 아니라고 생각한다.

무대에서 나는 책을 표현하고, 음악을 소개하며, 곡을 연주하고, 책과 음악을 연결한다. 내 앞에 계신 독자, 작가가 나의 아티스트가 되시기에 내가 무대에 오르는 순간 내가 선 자리가 객석이 되고, 내 앞에 펼쳐진 수많은 객석이 무대가 된다. 늘 영광스럽고 감사할 수밖에 없다.

좋은 평가든, 감동적인 평가든, 비평이든 모든 평가는 청중의 것이며, 청중에게서 나오는 것이다. 겸허히 듣고 나에게는 작게 한 마디 속삭인다. '수고했다'라고.

내가 해야 할 평가는 '준비한 것을 제대로 펼쳤는가?', '진짜 최선이었는가?'이다. 그래서 더욱 최선의 최선을 다하고, 무대에서 흐트러지지 않도록 몸과 마음, 정신을 준비한다. 특히 책과 음악 곁에서 독자들과 대화하며 서로 울고 웃는 장을 만들고 싶은 마음이 크기에 언어에 실수가 없도록 신중에 신중을 다한다.

아무리 준비를 잘해도 무대에서 긴장을 놓쳐서 실수하면 도루묵이니까 긴장의 균형이 참 중요하다. 너무 긴장하지 않아도 실수가 생기고, 너무 긴장해도 실수가 생기니까, 딱 설렘 정도의 긴장을 유지해서 무대에서 살다가 내려와야 한다.

"관객은 바보가 아니다."

거리 공연할 때부터 새긴 말이다. 청중의 마음의 문을 두드리고, 열고자 한다면 긴장을 조절하고, 최선에 최선을 다해야 한다. 잘했다, 좋았다는 말을 들어도 빠르게 제자리로 돌아오되, 나를 향해서는 준비와 최선에 대한 평가를 끝없이 해야 한다. 삶 속에 책과 강연이 있으신 독자들을 주인공으로 모신다는 마음이 때로는 부담되기도 하고, 때로는 걱정이 되기도 하지만 그래서 내가 다양해지고 있음을 경험한다.

2.

나로 채워진 공간

나의
색깔

공연기획자, 강연연출가, 진행자, 연주자로 살아가는 내 일터에 '문아람만이 낼 수 있는 색깔'을 갖고 싶었다. 개인적으로는 욕심이 났고, 뜨거운 열정이 생겼으며, 일적으로는 전문가가 되고 싶었다. 아티스트로서 분명한 나만의 색깔을 갖고 싶었고, 함께 일하는 파트너로서 반드시 일을 맡기고 싶은 사람이 되고 싶었다.

'공연기획자, 강연 연출가, 진행자, 연주자'로 오르는 무대는 나의 인생 무대와는 다르게 '목적, 목표, 주최, 주관, 주인공'이 정해져 있고, 나는 다양한 역할로 무대의 색깔을 만들고, 무대가 빛날 수 있게, 무대에 참여한 모든 분이 즐겁고 행복할 수 있게, 감동할 수 있게 나의 모든 것을 내어놓고 고민하며 만든다.

공연 기획과 연출을 전공하지 않아서, 아나운서 출신이 아니어서 못 할 이유가 있는 것이 아니라, 그래서 더욱 신선하고 다른 색깔을 보여줄 수 있다고 생각하며 시작했다.

학교에서 전공과목으로 수학하지 않았을 뿐 10대 때부터 삶에서 몸에 녹여내며 끝없이 상상한 일이었다. 매일 공부하고 표현하면서 살았기에 상상이 현실로 찾아온 것이었다.

자연스럽게 찾아온 기회들을 하나씩 이어가면서, 나의 꿈 스케치북에 모든 무대가 그림으로 한 장씩 채워져 갔다.

처음에는 내가 가진 크레파스 색이 몇 개 없어서 가지고 있는 대로 그렸는데 경험이 늘어나면서 크레파스 색도 늘어났다. 크레파스 색은 내가 늘리기도 했지만, 선물 받은 것이 훨씬 많다. 훌륭하신 작가들의 강연을 들으면서, 독자들의 집중을 느끼면서, 능숙한 진행자들을 직접 보고 들으면서 그리고 나를 응원해 주시는 분들의 응원을 마음에 새기면서.

그렇게 나는 내가 좋아하는 색, 나와 잘 어울리는 색을 발견하고 배우며 찾아갔고, 지금도 여전히 그 색을 찾는 즐거움에 푹 빠져 있다. 가장 편안할 때 드러나는 내 모습이야말로 진짜 나이기에, 일상에서도 스스로를 경계하며 좋은 습관을 지니려 노력한다.

그 과정에서 늘 마음속에 새기는 다짐이 있다.

'진행은 대화여야 하며, 연주는 손가락이 아니라 마음으로 하는 것이다. 준비에는 끝이 없기에 무대에 오르기 직전까지도 준비자의 마음을 지녀야 한다. 무대의 주인공은 독자이고, 무대의 꽃은 작가이며, 나는 그 꽃밭을 더 아름답게 가꾸는 조력자일 뿐이다. 내가 드러나려고 욕심을 부리는 순간 무대는 종료된다. 그러므로 진심으로, 또 진심으로, 더욱 진심으로, 끝까지 진심으로 임해야 한다.'

그렇게 다짐하며 살아온 시간이 모여, 오늘의 나를 가장 나답게 만들어 주었다.

진심과 진정성의 연결

진심은 많은 것을 포함한다. 내 마음속에 담고 있는 것, 내 머릿속을 채우는 것, 내가 짓는 표정, 내가 하는 말과 말투, 타인을 대하는 자세, 일을 대하는 태도까지.

목적 안에 나를 위하는 게 적을수록, 진심은 진짜 진심이 되고 진심이 진정성으로 더 잘 전해진다.

진심은 내 안에서 품어 다양한 방식으로 표현하는 것이다. 반대로 진정성은 그것을 타인이 느끼고 받아들이는 과정에서 드러난다. 그래서 진짜 진심을 전하는 사람은 굳이 '저는 진심입니다'라고 말하지 않는다. 말과 행동, 태도와 감각 속에서 이미 충분히 느껴지기 때문이다.

그래서 나는 유쾌하게 진행하다가도 책에 있는 문장을 전할 때는 작가에 대한 존경을 담아, 음악을 선곡한 이유를 전할 때는 독자들을 향한 응원과 위로의 마음을 담아 진지하게 진심을 전한다.

찾아가고 싶은
기회가   사람

기회는 누구에게나 찾아온다. 그러나 모두가 그것을 붙잡지는 않는다. 어떤 이는 알아보지 못해 놓치고, 어떤 이는 단 한 번의 기회도 자기 것으로 만든다. 그래서 나는 '기회를 잡는다'라는 표현보다 '기회를 받아들인다'라는 말이 더 맞다고 생각한다. 기회는 억지로 잡는 것이 아니라, 준비된 자에게 자연스럽게 찾아오기 때문이다.

나는 지금 세상에서 가장 로맨틱한 무대, 교보문고의 북뮤직콘서트 보라쇼에서 기획자이자 연주자이자 진행자로 서고 있다. 2018년 10월부터 지금까지 이어진 기적 같은 인연이다.

돌이켜보면 이 기회는 '우연'이라는 이름으로 찾아왔지만, 내게는 가장 정확한 순간에 도착했다. 거리 공연을 하며 불특정 다수를 만나고, 발걸음을 멈추게 할 음악과 퍼포먼스를 고민하고, 낯선 이들과 눈을 맞추며 대화를 나눈 모든 시간이 훈련이었다.

무작정 거리에 나섰을 때, 내가 언젠가 '보라의 뮤즈'로 불리며 무대에 서리라고는 상상도 못 했다. 하지만 단 하나는 확신했다. 거리에서 배운 모든 것을 언젠가 단 한 번의 기회에서 쓰게 되리라는 것.

그래서 나는 오늘도 묻는다.

"오늘의 질문은 내일의 기회를 어떻게 불러올까?"

걱정
웰컴!

걱정을 걱정으로 끝낼 것이냐, 걱정을 해결로 이어갈 것이냐는 결국 생각과 마음가짐에 달려 있다.

이 책을 쓰는 동안의 일이다. 분주한 날들을 마무리하고 온전히 원고에만 집중할 수 있는 황금 같은 시간을 얻었다. '이제 좀 마음잡고 글을 다듬어 볼까' 하고 작업실에 앉았는데, 머릿속만 복잡할 뿐 글은 좀처럼 써지지 않았다. 월요일부터 목요일까지, 꼬박 나흘 동안 머릿속으로만 글을 쓰며 시간을 보냈다. 그때, 마치 내 상황을 아신 듯, 긍정왕 엄마에게서 전화가 왔다.

"딸, 글은 잘 써지고 있니?"

"······."

"왜, 잘 안 써져?"

"월요일부터 오늘까지 나흘 동안 머리만 복잡하고, 눈에 보이는 글자는 하나도 못 썼어요. 어떡하죠? 큰일 났어요."

엄마는 잠시 웃으시더니 이렇게 말씀하셨다.

"오, 그래? 그럼, 머릿속 정리가 다 됐네. 이제 써내기만 하면 되잖아? 축하해. 얼른 써 봐."

그 말 한마디 덕분이었을까. 아니면 나흘 동안 손가락을 쉬게 한 덕분일까. 어쨌든 그 순간 마음이 정리되었고, 사흘 동안 숨 쉴 틈 없이 글을 쓸 수 있었다. 스스로 결심했더라면 더 훌륭했겠지만, 분명히 알았다. 말 한마디의 힘과 마음먹는 것의 힘을.

걱정은 누구나 한다. 걱정 없는 사람이 어디 있겠는가. 중요한 건 걱정 그 자체가 아니라, 걱정 뒤에 무엇이 오는가이다.

내 과거를 돌아보면, 걱정은 참으로 강력했다. 자석처럼 많은 것들을 끌어당겼고, 한 번 붙잡히면 쉽게 놓아주지 않았다. '걱정 부자'였던 내가 깨달은 걱정에서 벗어나는 방법은, 걱정을 두려워하지 않고 환영하는 것뿐이다.

걱정을 주인으로 세우면 삶은 계속 끌려다니고 만다. 하지만 걱정을 환영하고, 그다음 상황을 내가 주도하기 시작하면 이야기는 달라진다. 걱정은 나를 묶는 족쇄가 아니라, 오히려 새로운 길로 나아가는 출발점이 된다.

숙제가
생겼다

"휴, 힘들다."

한숨을 쉬며 힘들다는 말을 아무렇지 않게 뱉는 나를 보고 스스로에게 물었다.

"응? 지금 정말 힘든 건가?"

힘든 이유를 정확하게 살펴보니 '힘들다' 대신 할 수 있는 말이 많았다. 힘들다는 표현보다 '피곤하다', '어렵다'로 조금 더 구체적으로 표현할 수 있는 상황이었다.

우선 힘들다고 뱉어 버리면 그다음 대책이 잘 떠오르지 않는다. 피곤하다는 표현에는 휴식과 잠이라는 해결 방법이 있고, 어렵다는 표현은 '숙제가 생겼다'라는 말로 대신한다.

아무리 문제가 어려워도 숙제는 할 수 있다. 발걸음만 옮기면 공짜로 책을 읽을 수 있고, 발걸음을 옮기기 귀찮다면 손가락만 움직여도 책을 읽을 수 있는 세상이다.

훌륭한 분들이 걸어온 삶의 태도와 문제 해결 방식을 금세 찾아낼 수 있으니 내 주변에는 언제나 숙제를 도와줄 선생님들이 함께 계신 듯하다.

때로는 내가 나의 엄격한 선생님이 되고, 또 나의 동료가 되어 숙제를 풀어가기도 한다. 그렇게 과정을 쌓아가다 보면 힘들어서 포기하기보다 알아가는 즐거움을 발견한다. 꼭 재미있지 않더라도, 그 속에서 내가 원하는 나를 만나고 만들어 간다.

내가 직접 숙제를 해결해야 나를 알아 가고, 내가 문제를 풀어가는 방식도 알게 되고, 여러 상황에 적용하면서 나만의 방법을 찾아갈 수 있다. 나를 설명하고 설득해야 하는 시대에 내가 풀어야 할 숙제가 있다는 것은 기회이고 행운이다.

내 숙제는 내가 하자.

조금만 관심을 가지면 주변에 '스승 천지'인 세상이다. 좋아하는 연예인부터 운동선수, 가까이에 있는 지인, 책, 작가, 이웃사촌까지. 내가 배우고자 하는 마음이라면 이 세상 모든 것이 나의 스승이 되고, 모든 곳이 학교가 되는 세상이다.

내가 지치거나 숙제가 잘 풀리지 않을 때마다 찾아보는 영상 속 주인공 두 분은 김연아 님과 유재석 님이다. 김연아 님은 태도도 닮고 싶지만, 경기 영상만 봐도 숙연해지고 경이로워진다. 직접적으로 아는 사이도 아닌데 인고의 시간, 인내의 시간, 훈련의 시간이 마치 헤아려질 것 같은 경지다.

많은 분의 존경을 받는 유재석 님 또한 같은 자리에서 웃음과 감동을 주시는 분이신데, 그분의 여러 면 중에서도 오랜 시간 일터를 사랑하고, 일을 좋아하고 재밌어하는 모습이 존경스럽고 닮고 싶다.

최태성 선생님의 강연 현장을 아주 가까이에서 뵌 적이 있다. 독자를 사랑하는 마음, 강연 현장을 사랑하고, 강연을 좋아하시는 모습을 보면서 수많은 강연을 수년 동안 해오신 분이 아니라, 이제 막 시작하신 것 같은 설렘을 느꼈다. 그분의 열정과 선함은 뵐 때마다 경이롭다.

배우고자 하는 사람이 성장하고, 성장하는 사람은 늘 배운다. 공부를 잘하는 사람은 공부를 열심히 하고, 공부를 열심히 하는 사람은 공부를 잘하는 것처럼.

언젠가 한 다큐멘터리 영상을 본 적이 있다. 도서관에서 맨 마지막에 나가는 학생에게 인터뷰를 요청하니 학생이 이렇게 말했다.

"제가 학교에서 공부를 제일 잘하고 늘 1등을 하는데, 매일 마지막에 나가요."

잘하는 사람이 열심히 하고, 열심히 하는 사람이 잘하고, 즐기는 사람은 행복하게 잘한다.

대체 존재
불가능한

요즘 나는 일터인 무대에서 대체 불가능한 존재가 되는 꿈을 꾼다. 말 그대로 나를 대신할 존재가 없는 것, 나와 똑같은 존재가 없도록 하는 것, 나여서 가능한 무대를 만들어 가는 꿈이다.

이 꿈은 무대를 지켜가고 싶은 고민, 무대에 오를 가치가 있는 아티스트가 되기 위한 고민, 무대가 필요로 하는 기획자가 될 방법에 대한 고민에서 시작되었다. 그것이 고민으로 끝날지, 아니면 나를 성장시켜서 오래도록 꿈의 장면을 보게 될지는 알 수 없다. 아직은 과정 중에 있으니까. 그러나 확실한 건, 그 모든 과정에서 가장 먼저 지켜야 할 것은 태도라는 것이다.

무대가 나를 필요로 할 때, 사회가 나를 필요로 할 때, 내가 있는 자리에서 사회적 가치가 꽃피워지는 장면을 상상해 본다. 내 삶 속에서 시작된 가치들이 모여, 작은 꽃송이처럼 사회 속에서도 피어날 수 있다면 얼마나 좋을까. 언젠가는 그렇게 살아 보고 싶다.

찾아보고 물어보고 기록하고

나는 궁금하면 반드시 직접 찾아보고, 또 물어본다.

살면서 가장 많이 들었던 말 중 하나는 "넌 왜 그렇게 궁금한 게 많아? 세상을 너무 피곤하게 산다"였다. 하지만 나는 오히려 그 '궁금함' 덕분에 살아왔다.

나는 궁금한 게 많다. 일할 때도, 일상에서도 질문이 따라붙는다. 가장 자주 던지는 질문은 사실 타인보다 나 자신에게 하는 질문이다. 그 질문 덕분에 삶은 지루할 틈이 없고, 외로울 틈도 없다. 질문은 질문에서 끝나지 않는다. 고민으로 이어지고, 과거를 돌아보게 하고, 때로는 주변 사람과의 대화로 이어진다. 최근에는 '내가 우리 가정에 장녀로 태어난 이유가 뭘까?'라는 질문이 있었다. 이 질문은 부모님과 깊은 대화로 이어졌고, 서로 다른 생각을 알게 되는 계기가 되었다. 질문은 삶을 다르게 바라보게 하는 출발점이다. 질문은 결코 피곤한 일이 아니다. 오히려 새로운 것을 발견하고, 또 다른 생각을 해낼 수 있다는 능력의 증거다.

또 나는 기록을 취미이자 습관처럼 즐긴다. 모든 가방에는 늘 노트와 펜이 들어 있고, 문구점에 가면 노트와 펜을 고르는 일이 즐겁다. 그렇게 기록을 곁에 두는 이유는 단순하다. 잊지 않고 정확히 기억하기 위해, 그리고 머릿속의 생각을 쏟아낼 때 느끼는 즐거움 때문이다. 손에 연필을 쥐고 종이에 생각을 옮기면 머릿속 풍경이 눈앞에 펼쳐진다. 정리는 그다음 일이고, 우선은 내 생각을 눈으로 확인하는 것에 의미가 있다. 쓰면서 위로를 얻고, 쓰면서 영감을 받고, 쓰면서 기억하게 된다.

나의 기록은 일터에서도 빠지지 않는다. 회의 중에는 반드시 메모한다. 기억하지 못해 후회하는 것보다는, 상대에게 양해를 구하고 기록하는 편이 낫다. "죄송하지만 꼭 기억하고 싶은데 메모해도 괜찮을까요?" 이렇게 정중히 말하면 된다.

전화 통화를 마친 뒤에도 반드시 내용을 정리해 공유한다. 내가 제대로 이해했는지, 수정할 부분은 없는지 확인할 수 있고, 시간이 지나도 다시 참고할 좌표가 된다. 작은 습관이지만 오류와 실수를 막아주는 힘이다.

내 작업실 컴퓨터 옆에는 수십 권의 노트가 쌓여 있다. 전화 통화 중 빠르게 메모하는 노트, 그 메모를 깔끔하게 정리해 기록하는 노트, 하루의 메모와 기록을 다시 정리하는 노트, 연습 일기장, 오늘 해야 할 일을 나열한 노트, 그리고 언제든 떠오르는 것을 써낼 수 있는 작은 노트들까지. 메모하다 보면 기록이 되고, 기록하다 보면 어느새 출간을 기다리는 나만의 책이 되어 있기도 하다.

아람의 무대 노트

메모와 기록은 다르다.

쉽게 설명하자면 메모는 기록의 원천이다.

시간이 부족해서, 상대방의 말이 너무 빨라서 등의

이유로 너저분하게 적어 둔 것을 '메모'라 한다면

이렇게 조각난 글들을 모아 체계적으로 정리한 것을

'기록'이라 한다. 즉 기록은 우리가 일상적으로 적는

메모를 제대로 정리하는 행위라고 정의할 수 있다.

김익한, 《거인의 노트》, 다산북스, p.23

저는 제 기억력을 믿지 않아요.
그래서 반드시 순간을 메모하고, 메모를 정리하고,
정리된 메모를 기록해요.
전화 회의를 할 때도 통화하며 메모하고,
끝나자마자 정리해서 상대방에게 공유하죠.
메모는 집중하게 하고, 정리는 기억하게 하며,
기록은 나를 장면으로 남겨줘요.

열심의
종류

"열심히 하면 꿈을 이룰 수 있다"라는 말, 정말 그럴까?

그렇다면 우리 모두 이미 원하는 꿈을 이루며 살고 있어야 하지 않을까.

내가 말하는 '열심'은 조금 다르다. 단순히 목표를 이루기 위한 열심에만 머물지 않는다. 나는 매사에 열심을 택한다. 당장은 목표와 전혀 상관없는 것으로 보여도 열심히 한다. 내 성격을 다듬고, 단점을 고치는 일도 열심히 한다. 큰 무대든 작은 무대든 가리지 않고 열심히 서고, 무대뿐 아니라 연습에서도 같은 마음으로 임한다.

왜냐하면 삶은 서로 촘촘히 연결되어 있기 때문이다. 인간관계도 한 다리만 건너면 다 아는 사이인 것처럼, 내 삶의 모든 순간은 보이지 않는 끈으로 이어져 있다. 내가 알지 못하는 연결이 지금도 있고, 앞으로 펼쳐질 연결은 더 많을 것이다. 그렇다면 쓰이지 않는 순간은 없다. 모든 순간은 결국 나의 무대와 연결된다.

그래서 나는 누구나 쉽게 할 수 있는 일, 누구나 익숙하게 해내는 정도의 노력을 '열심'이라 부르지 않는다. 그것은 그저 '적당'일 뿐이다.

아직 나는 내 안에서 '열심'의 기준을 낮출 생각이 없다.

시간을 귀하게, 시간을 생명처럼

"시간은 금이다"라는 말이 내겐 잘 와닿지 않았다. 금보다 더 소중한 것이 내게는 생명이었으므로, 나는 이렇게 다짐했다. 시간은 생명이다.

그래서 내게 시간 약속은 곧 생명이다. 미팅이 있으면 늘 몇 시간 먼저 근처에 가서 일을 한다. 노트북과 책만 있으면 어디서든 일할 수 있기에, 약속 장소와 가까운 카페에서 시간을 보내다 미리 도착하는 것이 습관처럼 몸에 배었다. 공연도 다르지 않다. 리허설 시간보다 항상 한 시간 먼저 근처에 도착해 카페에서 마음을 가다듬는다. 그러다 보니 공연에 갈 때마다 그 지역의 작은 카페를 하나씩 들르는 것이 나만의 취미가 되었다.

시간은 타인과의 약속 이전에, 나와의 약속이다. 신뢰를 보여줄 수 있는 가장 단순하고 분명한 수단이며, 기본 중의 기본인 예의다. 내가 5분 늦는 것을 대수롭지 않게 여긴다면, 5분

먼저 도착한 사람을 무시하는 것이며 정시에 도착한 사람을 무시하는 것이기도 하다. 시간은 상대를 존중하는 태도이자, 무대의 주인으로 살아가기 위한 원칙이다.

시간을 귀하게 여길수록 나 자신을 더 잘 지킬 수 있다. 내 시간을 아끼고 생명처럼 여기다 보면 함부로 쓰지 않게 되고, 자연스레 나를 위한 집중의 시간도 마련된다. 결국 서로의 시간을 존중하고 소중히 여기는 사람끼리 같은 시간을 살아가게 된다. 시간을 아끼는 사람의 하루, 시간을 귀히 여기는 사람의 삶은 반드시 다르다.

지독한
감사

감사 버튼이 내 안에 하나 달린 것 같다. 언제 눌렸는지 모르겠지만, 요즘은 삶이 왜 이렇게 감사한지 모르겠다. 아직 서울에서 내가 할 수 있는 일이 있다는 것, 나를 응원해 주는 사람들이 곁에 있다는 것, 전화하면 받으시는 부모님이 계시는 것, 피아노를 곁에 두고 마음껏 칠 수 있다는 것, 혼자서도 잘 지낼수 있다는 것, 좋아하는 책과 함께 일할 수 있다는 것 모두 감사하다.

밥을 먹고 소화가 잘되는 일상도 감사하고, 예쁜 카페에서커피 한 잔을 마시며 행복을 느낄 수 있는 순간도 감사하다. 이렇게 작은 일상 하나하나가 내가 살아 있다는 증거 같아서 감사가 절로 나온다.

두 번째 얻은 삶이기에, 다시 살려진 존재이기에, 선물로 받은 삶이라는 걸 알기에 더욱더 지독하게 감사하며 살아간다. 감사가 가까이에 늘 있는 삶, 그것 자체가 내게는 가장 큰 감사다.

언어 능력
소화

나는 말의 힘을 믿는다. 그래서 말을 함부로 쓰는 사람은 쉽게 무시되지 않는다. 말은 곧 그 사람의 인격이라 생각하기에, 한 번 들으면 그냥 흘려보낼 수 없다.

내성적이고 예민한 성격 탓에 타인의 말에 쉽게 아파했지만, 그 아픔을 단순히 견디는 대신 '내 것으로 소화해 버리는 방법'을 택했다.

나를 찌르려는 말이 다가와도 그대로 상처가 되지 않게, 나만의 언어 필터를 거쳤다. 때로는 '그 말이 틀렸다는 걸 보여주자'라는 다짐으로 바꾸기도 했지만, 그 마음조차 '부들부들' 분노가 아닌, 부드럽게 이용하려고 했다. '와, 나에게 이런 기회가 왔네?' 하고 받아들이는 식으로.

말 때문에 주눅이 들 필요는 없었다. 어떤 이들의 눈에는 내가 안타깝게 보였을지 모르지만, 사실은 그들이 나를 몰라본 것이 안타까웠다. 문제는 그 말이 자꾸 반복되면, 어느 순간 스스로 세뇌될 수 있다는 점이었다. 그래서 나에겐 필터가 꼭 필요했다. 그럼에도 아직 완전히 걸러내지 못한 말들이 있다.

"길바닥에서 피아노나 치는 주제에."

"돈도 써 본 애가 써 보지."

"그런 걸 왜 하고 있어?"

그러나 나는 안다. 그 말들은 내 무대에 손님이 될 수도 없고, 주인공이 될 수도 없다는 것을. 미움이나 용서의 문제가 아니라, 그저 지나가면 되는 말들이다.

시간이 필요하다면 시간을 두면 된다. 잊히지 않더라도 괜찮다. 중요한 건 그 말에 발목이 붙잡히지 않는 것이다. 지금 내가 아픈 게 아니라, 단지 그때 받은 자극이 진하게 남아 있는 것일 뿐이다. 그리고 언젠가는 잘 지나가게 되는 날이 반드시 온다.

기준과 질서와
질서,   중심

질서가 무너지면 기준이 흔들리고, 기준이 흔들리면 중심이 함께 흔들리기에 어느 한쪽 편에 서는 것이 아니라 늘 가운데에 있을 수 있도록 최선을 다해 노력하며 산다.

기획된 무대의 목적과 기획 의도에 벗어나는 것이 있다면 단호하게 '아니'라고 말하고, '좋은'이라는 포장지에 싸여진 제안을 받아도 '좋은'은 떼고 '제안'으로만 본다. 어디까지나 '좋은'이라는 포장지는 상대가 붙인 거니까. 나는 내용과 의도가 중요하다.

무대를 향해서 지켜야 할 기준이 있다면 반드시 지키려고 한다. 마음이 약해서 쉽지 않을 때도 있지만 이를 악물고 지키려고 노력한다. 그것이 내 무대 안과 밖에서 명심하는 기준이다. 기준이 흔들리면 질서가 무너지고, 질서가 무너지면 중심이 흔들리게 된다.

휘둘리며 실컷 살아봤기에 가능한 깡이기도 하다. 내 것을 지키지 않고 타인을 따라준다고 해서 그 타인이 나를 살려주는 것도 아니다. 내가 내 무대를 생각하고, 나의 기준을 생각하듯이 사람들은 자기 생각을 많이 하게 되니까.

그래서 더욱이 일을 잘해야 한다. 일에 관한 결과가 좋아야 한다. 나의 기준과 질서를 고집하려면 먼저 내가 신뢰를 주는 사람이 되어야 한다. 거기까지 시간이 오래 걸린다. 저마다 오래 걸리기에 시간에 대한 정답은 없으나 내 사전에서는 이렇게 설명된다.

'해내면 된다.'

이처럼 우리 사회는 자기 의견을 분명하게 표현하는 것을 무례한 것과 동일시하는 경향이 있습니다. 그래서인지 그러지 말아야 할 상황에서도 의사 표현을 하지 않곤 하지요. 하지만 무례하게 보이지 않기 위해 돌리고 돌려서 의사 표현을 하는 습관이 있는 사람의 말은 무시당하기 쉽습니다. 선명한 의사 표현과 무례함은 분명히 다른 것입니다.

남인숙, 《남인숙의 어른수업》, 리안북스, p.92

"속마음을 솔직하게 말하는 게 어려워요.
거절하는 것도 어렵고, 미움받을까 봐 무서워요.
진짜 제 마음이 뭔지 모르겠어요."
선명한 꿈을 만나기 전 제 모습이에요.
이제는 달라요. 꿈과 동행하며 나를 지키고 표현하는
법을 배웠어요. 시행착오도 있었지만, 지금은 나에
대해 말하는 게 불편하지 않아요. 바르고 선명하게
나를 말하는 게 나쁜 게 아니라는 걸 알게 된 후,
건강한 자유와 진짜 편안함을 찾았어요.

일상의 사소한 선함

무대를 지키려면 먼저 나를 지켜야 한다.

나를 지키는 것이 곧 무대를 지키는 일이기 때문이다.

나는 늘 '교만'을 경계하지만, 동시에 '선함'도 조심해야 한다는 것을 배웠다. 아무 말이나 다 믿는 것이 선함이 아니고, 부탁한다고 해서 무조건 돕는 것이 선함은 아니다. 나를 긁어내고 소진하는 선함은 결국 아무 유익도 남기지 못한다. 선함도 하나의 재능이라면, 그 재능은 필요한 곳에 쓰여야 하고, 가치 있게 힘을 발휘해야 한다.

그렇다고 선함을 아끼자는 말은 아니다. 오히려 더 중요한 것은 그다음이다. 세상에 지지 않고, 악을 악으로 갚지 않는 것. 선이 가진 빛과 힘으로 악을 이겨내는 것. 악과 악이 만나면 최악만 남으니까.

그래서 나는 다짐했다. 하루에 한 문장씩, 사람을 살리는 선한 말을 하자고. 지인이든, 스쳐 지나가는 낯선 사람이든.

나는 택시 기사님과의 일화가 특히 많다. 불평을 늘어놓는 기사님에게 나는 이렇게 말씀드린 적이 있다.

"그런데 기사님, 불쾌한 손님을 태운 직후에도 저한테 인사해 주셨잖아요. 저는 그게 대단하다고 생각해요."

그러면 그분은 멋쩍게 웃으며 말씀하신다.

"그건 당연한 거죠."

"그걸 당연하게 여기시는 게 대단한 거예요. 좋은 손님만 계속 타실 거예요."

기사님의 불만 섞인 말투에 내가 선함을 전하고 싶었던 이유는 내가 선해서가 아니었다. 선의 힘을 믿었기 때문이다. 그리고 그분의 남은 하루가 불만과 부정으로 이어지지 않기를 바랐기 때문이다. 기사님도 누군가의 아버지이고, 누군가의 아들이실 테니까. 내 아버지와 내 동생을 생각하면 어렵지 않았다.

어느 날은 택시 기사님과 음악 이야기를 나누다 "기사님. 좋아하시는 음악을 말씀해 주시면 제가 직접 연주해서 유튜브에 올려드릴게요"라고 약속했고, 내가 올린 영상에 그분이 댓글을 남겨주시기도 했다. 또 새벽 공연장으로 가는 길에 한 기사님은 이렇게 인사했다.

"공주님, 어서 오세요. 오늘은 제가 안전하게 모시겠습니다."

부모님 외에는 들어본 적 없는 호칭이었는데, 그 말 덕분에 그날 하루가 특별했다. 내가 드린 건 도착 후 건넨 커피 한 잔뿐이었지만, '선'이 일상에 얼마나 깊게 스며드는지를 체감한 날이었다.

서로 잘 모르는 두 사람이 잠시 나누는 대화지만, 그래서 더 조건 없고 순수했는지도 모른다.

진심
또 진심

마음을 전하는 힘은 진심이다. 마음을 움직일 수 있는 것도 진심이다.

대단한 필력이 아닌데 진심이 느껴지는 글이 있고, 짧은 글에서도 진심이 느껴지는 글이 있다. 말 한마디를 해도 진심이 느껴지는 사람이 있고, 멋진 문장과 어휘를 구사해서 길게 말해도 진심이 느껴지지 않는 사람이 있다.

진심이 느껴지게 하는 것은 바로 '사람'이다. 그 사람의 평소 모습, 그 사람이 평소 하는 말에서 이미 진심을 느꼈기에 짧은 말 한마디에서도 진심을 느낄 수 있는 것이다.

평소에는 조금 장난꾸러기 같던 사람에게서도 어느 순간 진심을 느낄 때가 있다. 고민하는 모습과 그 흔적, 진심이 담긴 눈빛에서. 준비가 묻어나는 말 한마디, 글 한 줄로 우리는 진심을 전하고 또 진심을 느낀다.

'진심은 통한다'라는 말은 눈에 보이는 구체적 형태가 없다.

'진심'도 보이지 않고, '통한다'는 작용 또한 눈에 보이지 않는다. 보이지 않는 것이 또 다른 보이지 않는 힘을 일으키는 셈이다. 여러 감각을 통해 짐심을 전해 받고, 결국 마음으로 느끼게 된다.

느낀다는 것은 머리로 하는 일이 아니라, 머리 밖의 모든 감각으로 전하고 받아들이는 일이다. 인간은 복잡하면서도 단순한 존재다. 솔직해서 상처를 받기도 하지만, 솔직하기에 감동을 받기도 한다. 솔직함을 바라면서도 지나치게 직설적인 것은 원하지 않는다. 직설은 때로 뾰족하게 다가오지만, 또렷하고 명쾌하게 다가오기도 한다. 아주 작은 차이에서 전해지는 감각으로 달라지는 존재가 바로 사람이다. 그래서 사람이 귀하다. 사람이기에 감동을 말하고 전할 수 있고, 사람이기에 알아차리고 느낄 수 있는 것이다.

내가 잃고 싶지 않은 중요한 가치 중 하나가 진심이다. 진심을 전하는 것에 방해되는 것이 있다면 주저 없이 안 된다고 말하고 싶을 만큼 귀한 가치 진심. 진심과 진정성이 더욱 중요해지는 시대가 오고 있다. 진심과 진정성을 흉내 낼 수는 있겠지만, 진짜 진심과 진짜 진정성을 증명하는 것은 사람이다.

혁명의 시대를 어떻게 준비해야 할까요?

제가 선택한 답은 '사람'입니다. …

결국 포노 사피엔스의 마음을 살 수 있는 상품이나

서비스를 만드는 것이 성공의 비결입니다.

그래서 '사람이 답'입니다. 사람의 마음을 잘 알아야

좋은 인재가 되고, 사람을 잘 배려할 줄 알아야

성공하는 인재가 됩니다. 조직도 사람의 마음을

감동시킬 수 있어야 성장할 수 있고 기업도 진심으로

소비자를 생각하는 마음이 담겨야 성장할 수 있습니다.

어느 것도 위선적 포장으로는 지속적인 성장을

기대할 수 없는 시대가 된 것입니다.

최재붕, 《포노 사피엔스》, 쌤앤파커스, p.13

사람이 없으면 역사도 시대도 있을 수 없어요.

급변하는 시대든 어느 시대든, 언제나 정답은

'사람'이에요. 성공과 성장뿐 아니라 평범한 일상을

위해서도 사람이 가장 중요하죠. 그래서 진심을 담고

표현을 공부하며, 내가 잘 살아야 해요.

3.

내가 지켜낼 약속

다양한   무대에
인격으로   서다

무대를 위해서는 대본을 쓰는 역할, 기획과 연출을 담당하는 역할, 진행 역할, 연주 역할이 각각 따로 있지만, 나는 '기획자, 연출자, 진행자, 연주자, 대본 작가'의 역할을 혼자 담당하기에 여러 인격으로 무대에 임한다.

이 역할들은 무대를 중심으로 행해진다는 것 외에는 공통점이 없고 서로 너무나 다른 성격에, 다른 역할들이어서 언제나 내 머릿속은 역할 전환으로 분주하다. 다중인격을 결심하고 계속해서 빠른 전환을 하면서 수행하지 않으면 그 어떤 역할도 제대로 수행될 수 없으니까. 그래서 나는 정말 재밌고 즐겁다.

무대의 사전 준비와 기획부터, 당일 준비와 진행까지 무대를 중심으로 펼쳐지는 모든 상황을 살피고, 할 수 있는 모든 예상을 하면서 일어날 수 있는 상황들을 다 예방하려고 한다. 지독하게 꼼꼼히 하려고 모든 감각을 세우다 보면, 현장 스태프들이 이해하지 못할 만큼 지나친 꼼꼼함이 발생하기도 하지만 어쩔 수 없다. 무대 규모가 커지면 커질수록 더 살펴야 한다. 너무 꼼꼼하게 하지 말라고 말하는 사람에게는 이렇게 말한다.

"예방할 수 있는 부분이었는데 체크를 게을리해서 작은 사고가 발생하면 누가 책임을 지죠? 누가 감당을 하죠?"라고.

책임과 수습은 무대에 선 사람만이 할 수 있다. 그 자리를 지켜야 한다면, 그 역할은 바로 무대의 주인인 내가 감당하는 것이 마땅하다.

무대에 오르기 전 의식

본 무대에 오르기 전에는 내가 할 수 있는 최선의 친절과 따뜻함을 끌어모은다. 올라온 호흡을 최대한 빨리 내 몸 가장 낮은 곳으로 내리고 최대한 말을 아낀다. 무대와 상관없는 말을 뱉고 올라가면 무대가 수다의 연장선이 되기에 무대에 올라가기 전부터 이미 무대를 시작하려고 집중한다.

연주자가 즐거워야 무대가 빛나기에 연주자를 위한 응원의 기도를 한다. 무대의 또 다른 주인공인 연주자가 애정을 가지고 무대에 올라와 주기를 바라는 마음으로.

청중과 독자의 마음을 두드리기 위해 먼저 내가 깨끗해지려고 한다. 강연을 위한 음악을 준비하며, 한 권의 책이 태어나기까지 글 앞에서 쏟아낸 작가의 땀과 긴 시간을 떠올린다. 그 존경의 마음이 온전히 전해질 수 있도록, 내 마음을 비추는 투명하고 맑은 유리컵이 되고자 하는 마음으로 무대에 오른다.

화장실에 가서 거울을 보고 미소를 한껏 짓다가 나오기도 하고, 리허설 때 뭉친 입 근육들을 최대한 많이 풀고 나오기도 한다. 의상을 갈아입으면서 모든 것들을 빠르게 전환하고 무대로 향할 때는 주문을 건다.

'나는 이 무대를 사랑한다'라고.

상대에게 사랑을 전하는 첫 번째 방법은 내가 먼저 사랑하는 것이다. 사랑은 속일 수가 없다. 사랑은 말로 설명하지 않아도 눈빛과 행동, 말과 목소리에서 느껴진다고 믿기에.

그렇게 나는 나를 위해서 무대를 사랑하고, 무대가 있는 공간에 있는 모든 것을 사랑한다.

무대를 향해 온갖 감정을 다 가질 수 있는 지금이 감사하다. 할 수 있는 것이 있다면 아니, 무대를 위해 해내야 하는 것이 있다면 무엇이든 해내고 싶다. 무대를 위한 것이 독자와 청중을 위한 것이며 더 넓게는 내 인생 무대를 위한 것이라 믿는다. 이 모든 과정을 사랑한다.

내가 명심하는 주인의 태도

무대를 지키기 위해서는 주인의 태도를 지니기 위해 끊임없이 의식적으로 노력해야 했고, 노력한다.

나만의 무대에서 주인으로 사는 것에 익숙해서 타인의 무대에서 주인 노릇 하려고 하지 않도록 늘 주의하고 조심해야 한다. 운 좋게도 타인의 무대에서 주인공이 된다고 해도 그것이 오직 나의 잘남 덕분이라는 생각도 하지 않아야 한다. 타인의 무대에서 주인으로 살고 있는 타인의 배려 덕분이며, 타인이 빚어놓은 무대 덕분이며, 타인이 무대를 제공해 준 덕분이라는 것을 기억해야 한다.

내가 가장 경계하고 조심하는 것은 '교만'이다. 그래서 늘 스스로에게 세뇌하듯 되뇐다.

"혹시 내가 지금 교만한가?"

그리고 그럴지도 모른다는 생각이 들면 이미 늦은 것이다. 내가 스스로 의심할 만큼 느꼈다면, 주변의 누군가는 이미 나

196

의 교만을 눈치챘을 가능성이 크다.

사전적 정의로 보면 겸손과 교만이 굉장히 대비되게 느껴지지만 그렇지 않다. 겸손과 교만은 이웃사촌이다. 아주 가까이에 붙어 있고, 종이 한 장보다 더 얇은 거리여서 조금만 방심하면 넘기 쉬운 거리다. 부지런히 겸손해야 하고, 인위적으로 겸손해야 하고, 억지로라도 겸손해야 한다. 겸손은 '나 겸손해요'라는 말이 아니라 표정에서, 눈빛에서, 인사에서, 말투에서 표현되는 것처럼, 교만도 '나 교만해요'라는 말이 아니라 표정에서, 눈빛에서, 인사에서, 말투에서 표현된다.

주인의식이 잘못 적용되어서 '내가 정답이야, 내가 맞아'의 태도가 되지 않도록 주인이 되고 난 후에도 끊임없이 주인 스스로가 주인을 돌봐야 하는 것이다.

내가 어디선가 주인공 대접을 받는다면 나를 주인공으로 만들어 준 주인과 관객, 조연과 스태프가 존재한다. 그들에게 감사할 수 있어야 내 무대로 돌아와서 좋은 주인으로 살며 나 또한 누군가를 주인공으로 대접할 수 있게 된다.

겸손을 위해 가장 훌륭한 방법은 혼자 있을 때 겸손하기다. 누가 보지 않아도 스스로 겸손을 위한 감시자가 되는 것이다. 겸손과 교만이 친하게 지내지 않도록 겸손과 친절의 우정을 끈끈하게 하자.

나를 지키는 것이 무대를 지키는 것

내 안에 아주 작은 순수함이 있다면, 책과 음악 곁에서 사는 동안만큼은 그것을 지키고 싶다. 철없는 순수함이 아니라, 어두운 곳에 손을 내밀었을 때 누군가를 붙잡아 줄 수 있는 힘 있는 순수함.

내 안에 조금의 맑음이라도 있다면, 그 맑음을 잃지 않고 지켜내고 싶다. 책과 음악은 늘 투명했다. 마음을 비추는 거울 같아서, 내가 청중에게 전하고자 하는 것이 순수와 맑음이라면, 그것은 반드시 내 안에서부터 시작되어야 했다. 그래서 때로는 물러서고 싶었고, 아무리 대단한 기회가 눈앞에 있어도 내 철학과 기준, 질서에 어긋난다면 돌아설 용기를 택했다. 물질보다 가치를 지켜내려 애쓰며 살아왔다.

이유는 단순하다. 책과 음악을 좋아하는 사람들이 순수하기 때문이다. 그들 앞에 서려면, 그들보다 더 순수할 수는 없더라도 최소한 그 순수함을 닮아야 한다. 비슷한 사람들이 친구가 되고, 말이 통하는 사람들이 사랑을 나누듯, 책과 음악이 나를 좋아해야 한다. 단지 무대에 서고 싶다고 해서 설 수 있는 것이 아니다. 삶과 태도까지 책과 음악 곁에 어울리는 존재여야 한다.

언제나 순수할 수는 없다. 그러나 무대에서 전할 수 있는 만큼의 순수함은 반드시 지켜내고 싶다. 언제나 맑을 수는 없다. 그러나 내가 건네는 말이 힘을 잃지 않을 만큼의 맑음은 지켜내고 싶다.

인정은 받는 것
실력으로

무대를 만들고 무대에 오르는 직업을 가진 사람들은 실력으로 일해야 한다. 뮤지션은 연주력과 음악으로, 기획자는 기획력으로, 진행자는 진행력으로, 작곡가는 작품으로, 작사가는 가사로, 연출가는 연출로 실력을 평가받는다.

직업의 본질은 실력인데 인맥을 넓히는 것만 집중하고, 유행만 따라간다면 전문가가 될 수 없다. 전문가가 되고 싶다면 일을 잘 해내고, 실력을 키우고, 전문성을 갖추고, 공부하는 것에 온 집중을 해야 한다.

우직하게 내 것을 해내고 있으면 돌고 도는 유행이 내 것과 만나는 지점이 있다. 유행을 따라 내가 바뀌는 것이 아니라, 나는 내 길을 가고 있는데 유행의 흐름과 맞는 때가 찾아와서 나의 때가 되는 것이다. 유행이 나를 지나가더라도 계속 그랬던 것처럼 내 길을 가면 된다.

다시 함께하고 싶은 사람이 되는 기준은 태도와 실력이다.

내 무대의 주인은 바로 나

단점을 장점으로 바꾸는 힘, 주어진 상황과 환경을 활용하는 지혜, 고민과 고통마저 내 자원으로 만드는 용기. 그것이 바로 주인의식이다.

내 무대에서 주인으로 산다는 건, 비록 무대가 나 혼자 겨우 서 있을 만큼 작더라도 그 안에서 삶의 의미와 맛을 느낄 수 있다는 뜻이다.

주인이 성장하면 무대도 함께 성장한다. 무대는 점점 더 넓어지고 깊어진다. 세상이 나를 외면해도, 사람들이 나를 배신해도, 내가 정성을 다해 만든 무대만은 결코 나를 배신하지 않는다. 그러니 넘어지더라도 내 무대에서 넘어지고, 잠시 방황하더라도 반드시 다시 돌아오면 된다.

힘들고 괴롭더라도 그 자리에서 버티고 견디다 보면, 어느 순간 넘어지는 것에 적응되고 일어나는 것에 익숙해진다.

넘어짐은 단순히 아픈 경험이 아니라 배움의 기회다. 창피

한 일이 아니라 도전의 흔적이다. 수없이 넘어지면서 나는 다양한 일어남의 방식을 배웠다. 그리고 점점 도전을 두려워하지 않게 되었다. 하도 넘어지다 보니 어느 순간 이렇게까지 생각했다.

"이왕 넘어질 거라면, 제대로 넘어져 보자. 오뚝이처럼 반사적으로 일어나지 말고, 땅을 짚고 무릎의 흙을 털어내며 일어나는 과정까지 온전히 경험하자."

그렇게 나는 막연한 상상 속 무대가 아닌, 현실 속 나의 무대를 확보했다. 고등학교 시절 산 중턱에 있던 교실 밖 세 번째 벤치는 나의 무대였다. 그 벤치에 앉아 학교 아래를 내려다보며 나를 응원했다.

"언젠가 내가 모교로 돌아와 이 벤치에 다시 앉아, 꿈에 대해 강연하게 되리라."

대학 시절에는 서울의 모든 지하철이 내 무대였다. 2호선 창밖으로 펼쳐진 풍경이 내 무대였고, 3호선에서 4호선으로 갈아타는 짧은 환승 통로도 나의 런웨이였다.

일상 곳곳에 나만의 무대를 보물창고처럼 마련해 보자. 벤치든, 도서관이든, 운동장이든 상관없다. 내가 나만의 무대를 지정하는 순간, 그곳에서 기적이 일어난다. 그것이 바로 주인의식을 가진 사람에게 허락된 특권이다.

첫 마음으로, 마지막인 것처럼

무대에서 배운 것은 단순한 공연 기술이 아니라, 진심을 전하는 법과 최선의 의미, 그리고 끊임없이 성장하려는 자세였다.

나의 기획 노트와 책, 대본에는 '더, 더욱 더' 천국이다. 만족은 없다. 완성이라고 여겨져도 '더 완성할 수 있지 않을까?'를 생각한다. 서바이벌 프로그램에 참여해서 심사위원에게 평가받는 기회를 얻지 않는 이상 자신의 무대에 대한 평가는 자신이 해야 한다. 그리고 계속 '더'를 질문해야 한다.

최선을 다한 사람에게는 미련도 후회도 없다. 다시 돌아가도 그 이상 해내지 못했을 것이라는 말이 진심으로 튀어나올 때 진짜 최선을 다했다고 할 수 있다.

나에게 공연 무대는 삶의 1순위고, 2순위고, 3순위다. 모든 순위를 차지하고 있다. 밥 먹으면서도 생각하고, 자기 전까지도 생각하고, 심지어는 자면서도 생각한다. 꿈에서도 나오니까.

최선을 다하는 시간에는 불평을 나누는 수다도, 투덜거림도 없다. 그 시간에 고민하고 책을 찾는다. 빈틈없이 최선을 다하는 이유는 나의 최선이 곧 당당함, 자신감이기 때문이다. 나의 당당함과 자신감은 최선을 다했다는 확신에서 나오기에 최선은 중요하고 또 중요하다.

그래서 계속 나를 단속하지 않으면 별 생각 없이 번역체를 쓰고 넘어가 버린다. 매번 정신을 똑바로 차려야 한다. 지금도 "I'm sorry."가 나오면 "유감이야."로 휙 써 버리지 않고 머리를 쥐어뜯는 이유가 그래서다.

황석희, 《오역하는 말들》, 북다, p.25

노력하는 태도, 만족하지 않는 태도, '더, 더욱 더'를 외치는 태도를 존경해요. 노력은 현상을 유지하게 하지만, 성공과 성장은 노력 이상의 것을 요구해요. 누군가 성공의 자리에 오래 머물고 있다면, 그건 끊임없이 노력하고 있다는 뜻이에요.

즐거운 자신감, 즐거운 책임감

무대를 향한 정성과 노력에서 자신감이 자란다. 무대의 주인으로서 느끼는 자신감은 단순한 뿌듯함을 넘어선다. 내 무대 안에서 자신감을 맛보고 그 즐거움을 누리다 보면, 무대 밖에서 주인공이든 손님이든 조연이든 어떤 역할을 맡아도 자신감이 주는 즐거움을 자연스럽게 얻게 된다.

자신감이 주는 즐거움은 무대를 더 사랑하게 만든다. 무대를 사랑하는 마음은 곧 무대를 지키고 싶은 책임감으로 이어진다. 그러나 그 책임감은 억지로 떠안은 짐이 아니다. 맡았으니 어쩔 수 없이 하는 것이 아니라, 좋아서, 함께 하고 싶어서, 내 안에서 샘솟는 즐거운 책임감이다.

주인이 된다는 것과 주인공이 된다는 것은 다르다. 주인이 된다고 해서 늘 무대의 중심에서 스포트라이트를 받는 것은 아니다. 주인은 무대를 지키고, 다스리고, 때로는 수정하면서 여러 역할과 입장을 경험한다. 그 과정에서 성숙해지고, 타인을 통해 나를 알게 되며, 관계를 배우는 기회를 얻는다.

나는 가정에서 장녀로, 누나로, 손녀로 살았고, 학교에서는 학생으로, 교회에서는 목사님의 딸이자 반주자로 살았다. 이 모든 역할은 내가 스스로 선택한 것이 아니었다. 임명장을 받은 것도 아니고, 허락을 구한 것도 아니었지만 자연스럽게 주어진 자리였다. 나도 모르게 하고 있었던 역할들이었다.

그러나 꿈을 품고 내 무대를 그리면서 진짜 나를 만나고, 나를 알아 가면서 그 역할들을 새롭게 분류해 보았다. 돕는 자, 조연, 손님, 엑스트라, 파트너. 이렇게 분류해 보니, 내가 어떤 무대에서 어떤 역할을 맡더라도 그 역할의 크기와 상관없이 소중함을 알게 되었다. 그것이 내가 생각하는 이상적인 주인의 모습이다.

주인은 늘 주인공일 필요가 없다. 오히려 다양한 역할을 경험하고, 견해 차이를 이해하고 받아들이는 성숙이 필요하다. 나만 이해받고자 하는 사람이 아니라 내가 먼저 이해하는 사람이 되어야 한다. 그것이 더불어 사는 사회의 가치이자, 내게 주어진 중요한 숙제이기도 하다.

주인공은
내가 아니야

공연장은 무대와 객석으로 나뉘어 불리지만, 내가 서는 무대에서 공연장은 조금 다르게 지칭된다. 객석이라 불리는 곳에서 정면을 바라볼 때 그 시선이 머무는 곳이 무대이고, 무대라 불리는 곳에서 정면을 바라볼 때 내가 바라보는 곳 역시 무대다. 그래서 내게는 내 시선 안에 계시는 분들이 언제나 예술가이자 연예인이자 진짜 주인공이다. 때로는 그분들을 모시고, 대접하고, 위로하며 즐거움을 드리는 것, 그 역할을 하는 순간이 내가 꿈꾸던 '무대 주인'의 모습이다.

단독 콘서트나 팬 미팅이 아닌 이상, 초대된 뮤지션은 음악으로 말해야 한다는 것이 나의 철칙이다. 말로 나를 드러내고 자랑하는 것이 아니라, 준비한 음악으로 마음을 전하고, 악보의 구석구석에 나의 고민과 연구, 진심을 담아 연주하는 것. 그것이 내가 믿는 음악이고, 내가 되고자 하는 음악인의 태도다.

그래서일까 나는 요즘 노래들보다 포크송에서 더 뜨거움

과 깊이를 느낀다. 복잡한 박자나 리듬이 없기에 오히려 가사가 뚜렷이 들리고, 악기 소리가 명확히 다가오며, 목소리의 울림이 온몸의 감각을 깨운다. 전문적인 용어로 설명할 수는 없어도, 내가 무대에서 피아노 앞에 앉아 느낀 포크송의 힘은 바로 그 단순함 속의 진심이었다. 시대를 넘어 전해지는 목소리에는 흔들림 없는 울림과 진정성이 있었다. 그래서 나는 포크송을 들을 때마다 내 삶을 떠올리고, 나의 이야기를 마주하게 된다. 마치 음악들이 나를 주인공으로 만들어 주는 것처럼, 내 삶이 파노라마처럼 펼쳐지곤 한다.

내 무대도 그랬으면 좋겠다. 복잡한 세상에서 잠시 단순해지고 싶은 사람들이 머물 수 있는 곳, 시끄러운 세상에서 잠시 숨 고르기를 할 수 있는 곳. 그곳에서 잠시 멈춰 자신을 돌아보고, 다시 자기 삶으로 나아갈 힘을 얻어가는 곳. 내 무대는 그런 오아시스 같은 공간이기를 바란다.

사회적 가치를 창출하는 창조적인 해결책을 만드는

사람이 늘어날수록 이 사회는 윈윈 할 수 있다.

이러한 일은 건축가만이 할 수 있는 것은 아닐 것이다.

기업인, 예술인, 교육자, 노동자 누구든 자신의 자리에서

사회적 가치를 창출하는 작은 일들이 쌓인다면

이 사회는 더 나은 단계로 진화할 수 있을 것이다.

유현준, 《공간의 미래》, 을유문화사, p.340

나의 꿈이 나만을 위한 것이 아닐 때, 꿈에 어떤 힘이

모여요. 그 힘이 꿈을 이뤄가는 기적을 만들어내죠.

한 사람의 열정과 열심이 주변을 빛내고, 빛나는

주변들이 모여 빛나는 사회를 만들어요. 가치를 품은

꿈을 가진 사람들은 나도 모르게 빛을 내요.

커튼콜

인생에서 나를 진심으로 응원해 주는
단 한 사람만 있어도 그것은 큰 축복이다.
그런데 내 삶에는, 내 무대에는 그런 사람들이 여럿이나 있었다.
내가 오래 주저앉아 있을 때면 대신 무대를 지켜주기도 했으니,
돌아보면 이 무대는 결코 나 혼자만의 것이 아니었다.

1.

다음 무대를 준비하며

꿈꾸는
대로

나는 대한민국 10대들이 꿈꾸는 일에 주저하지 않기를 진심으로 응원한다. 나중은 나중에 생각하고, 오직 10대만이 품을 수 있는 장면들을 마음껏 품고, 그 꿈이 반드시 이루어질 것이라 믿으며 자신만의 무대를 만들어 가기를 진심으로 바란다.

나는 위대한 업적을 남긴 위인은 아니지만, 같은 나라, 같은 땅에서 꿈의 혜택을 누리며 살아온 나의 이야기가 10대 친구들의 이야기와 이어진다면 그것만으로도 가슴 벅차다.

'문아람보다 더 잘해낼 수 있다'는 자신감을 가득 안고 무대를 향해 나아가는 장면을 상상하면 벌써 두근거린다.

나만의 무대가 누군가에게는 꿈이 되고, 또 다른 누군가에게는 도전이 되어 "나도 무대를 만들 수 있다, 나도 내 무대의 주인이 될 수 있다"라고 외칠 수 있다면 좋겠다. 그때 나는 웃으며 말할 것이다.

"당연하죠. 제가 했다면 여러분도 할 수 있습니다. 우리는 시들지 않을 권리가 있으니까요."

　친구들 앞에서 풀어낸 꿈 보따리는 내 무대와 그들의 무대에서 꽃으로 피어나고, 또 다른 꽃을 피우게 될 것이다. 나는 이렇게 외칠 것이다.

　"꿈꾸는! 대로!"

함께 이룬 꿈

내 꿈은 혼자 이루지 않았다. 가르침이 있었고, 훈련이 있었고, 함께 견뎌주는 이가 있었으며, 힘이 되어주는 존재가 있었다. 손을 내밀지 못하는 나를 대신해 마음으로 안타까워하며 보이지 않는 손을 내밀어 주신 분들이 있었고, 말도 안 되는 응원을 기꺼이 부어주신 분도 있었다. 나를 발견해 준 분이 있었고, 나라는 존재 자체를 귀하게 여겨주신 분도 있었다. 그리고 아무것도 힘이 되지 않을 때, 묵묵히 곁에서 나를 받아주는 피아노가 있었다.

나의 삶을 하나의 역사라 본다면 나를 향한 다양한 시선이 늘 존재해 왔다. 그리고 나는 세상을 바라보며 또 다른 다양한 시선을 키워왔다. 그 안에서 흔들리지 않는 나만의 관점을 가질 수 있었다는 건 큰 축복이었다. 나의 관점에 힘을 모아주신 분들 덕분이었고, 끝까지 나를 믿어준 나 자신 덕분이기도 했다.

앞으로 내가 할 일은 분명하다. 받은 사랑과 응원을 내 무대 안에만 가두어 두지 않고, 함께 나누는 것이다. 무대에서 뛰어노는 즐거움을 전하는 것이다.

내가 직접 무대를 움직이며 응원을 건네는 꿈을 꾸고 있다. 언젠가 온 세상이 나의 무대가 되는 날을 그리면서.

이처럼 역사는 과거와 현재의 만남입니다.

해석하는 사람에 따라 다양한 결과가 나오는 게

당연합니다. 한 사람의 삶을 바라볼 때도 이토록

다양한 시선이 존재하는데, 셀 수 없이 많은 궤적의

집합이라 할 수 있는 역사는 오죽하겠습니까.

정답이 없는 질문이라니, 머리가 혼란스러워집니다.

이럴 때 필요한 것이 나만의 시선, 바로 '관점'입니다.

다양한 맥락 속에서 물살에 떠밀리듯 이리 치이고

저리 치이며 상처투성이로 고통받지 않으려면

나만의 관점을 만들어야 합니다.

최태성, 《일생일문》, 생각정원, p.9

한 나라의 역사처럼, 한 사람의 역사도 과거와 현재가

늘 공존해요. 과거 없는 현재는 없고, 현재 없는 미래도

있을 수 없죠. 나만의 시선과 관점을 배우고 세워가는

과정은 시리고 아프지만, 꼭 필요해요.

그 과정을 열렬히 환영해요.

책과 음악,
그리고 사람을   잇는   일

내가 나다워지는 순간, 나의 여러 면이 사용되는 시간. 준비 과
정부터 리허설, 시작, 진행, 종료, 그리고 종료 후까지 완전히
푹 빠져서 즐겁고 신나기만 한 나날이 있다. 바로 책과 음악이
함께 펼쳐지는 장면. 저자와 독자가 함께하는 공간에 머무는
장면, 강연과 공연이 하나 되는 장면이다.

　무언가를 하고, 맡은 역할을 충실히 잘 해내야 하는 장면
인 것은 분명하지만 영광스러운 책임감과 거뜬한 긴장감이 즐
겁게 공존할 뿐, 나를 억누르는 그 어떤 부담감도 없는 장면. 바
로 꿈꾸던 장면이다. 책과 음악, 작가와 독자가 함께하는 곳에
서 나는 매일 꿈을 꾼다.

　나는 강연의 온도와 톤앤매너를 잘 알고, 저자와 독자의 마
음을 잘 헤아리는 연출가가 되고자 한다. 책의 메시지를 독자로
서 먼저 듣고, 저자의 메시지를 내 눈과 머리, 마음으로 알며, 강
연을 귀하게 여기는 연출가, 책과 음악이 가진 힘을 삶에서 경

험하며 그 힘을 아름답게 녹여 전하는 연출가가 되고 싶다.

동시에 작가, 독자, 책, 음악, 강연, 공연을 하나 되게 하는 진행자이고 싶다. 저자를 북콘서트의 꽃으로, 독자를 주인공으로 대접하며, 작가를 빛나게, 책이 빛나게, 독자가 빛나게 하는 진행자.

북뮤직콘서트와 강연을 향한 끝없는 애정 덕분에 욕심도, 완벽을 추구하는 마음도, 끝없는 기획과 세세한 살핌에 대한 열정도 식을 줄 모른다.

지금까지 내가 느낀 진행자와 연출가에게 가장 중요한 것은 주최측을 향한 감사함, 저자와 독자를 향한 존경, 언제나 낮은 마음, 더욱 성실함이다.

경험이 쌓일수록 중요한 것들이 늘어나겠지만, 무엇보다 애정과 욕심의 가운데에 나 자신이 세워지지 않는 태도가 내게 허락되는 날까지는 욕심을 부리고 싶다. 꿈을 꾸고 싶다. 꿈을 끌어당기고 싶다.

피아노
여행

피아노 곁에서 받은 사랑과 응원을 나만의 무대에만 가두지 않고, 필요한 곳을 찾아가 나누고 싶다. 피아노가 있는 곳을 찾아다니며 처음 만나는 이들과 음악의 즐거움을 나누고, 피아노가 없는 곳에는 직접 피아노를 가져가 세상을 음악으로 물들이는 장면을 꿈꾼다. 시골길, 논과 밭, 작은 분교와 폐교, 할머니 집 마당, 바닷가 길…… 사람의 발길이 드문 곳에서 피아노와 함께 여행하며, 그곳에 작은 힐링을 선물하는 상상. 세계 곳곳의 피아노를 찾아다니며 자연의 소리를 담고, 지구의 아픔을 음악으로 전하며, 결국 온 세상이 무대가 되는 상상.

피아노 여행은 앞으로 걸어갈 꿈길이자, 지금까지의 여정을 되짚는 길이기도 하다. 신촌에서 시작한 거리 공연은 대한민국 시골길로 이어지고, 어린 시절 뛰놀던 논밭은 '논밭 콘서트'로 연결된다. 시골 사역으로 바쁘셨던 부모님의 빈자리를 채워주신 할머니의 품은, 이제 시골 할머니들의 마당에서 다시 이어진다. 잠시 품었던 유학의 꿈은 세계 곳곳을 돌며 피아노와 함께하는 여행으로 바뀌어 간다.

언제, 어디서, 어떻게 시작될지는 알 수 없다. 하지만 나는 상상해 본다. 언젠가 다음 책을 쓴다면, 그 제목은 아마도 《피아노 여행》이 되지 않을까 하고.

책꽂이 음악

책에서 받은 영감을 음악과 엮어 누군가의 하루를 방문하는 장면을 오래 그려왔다. 이름하여 〈책꽂이 음악〉.

책꽂이에서 음악을 꺼내 듣는다는 의미로, 내가 직접 고른 책을 작업실로 가져와 음악과 연결하는 방식이다.

아직 시작하지는 않았지만 언젠가 반드시 시작할 것이라는 확신으로, 상표 등록부터 미리 해두었다.

누구의 추천도, 권유도 아닌, 내가 진짜 좋아서 소개하는 책들. 그 진정성이 신뢰가 되고, 또 하나의 무대가 될 것이다.

할머니 디제이 라디오

아직 시간이 많이 남았지만, 언젠가 할머니가 되었을 때 매일 앉아 있고 싶은 공간이 있다. 바로 라디오 부스다. 방송국이든 개인 채널이든 상관없다. 사람들의 삶을 듣고 나누며 위로하는 공간. 피아노 연주를 곁들여 하루를 따뜻하게 채워 가는 공간. 상상만 해도 행복하다.

사람을 위로하는 진짜 키워드는 언제나 진심과 진정성이다. 건강하고 젊을 때 최대한 많은 무대를 다니며 경험을 쌓고, 할머니가 되어서는 무대에서 만난 사람을 품어 언어로 응원하며 살고 싶다. 섣부른 판단이나 공감 없는 위로가 아닌, 깊이에서 나오는 진심을 전할 수 있도록 내 마음 밭을 단단히 가꾸며 살고 싶다.

그래서 이미 시작했다. 유튜브 채널에서, 공연장에서, 일상의 곳곳에서. 언젠가 라디오 부스에 디제이로 앉게 되었을 때, 그 순간이 낯설지 않고 오히려 반갑게 다가오기를 기대하며 오늘을 살아간다. 어쩌면 나의 마지막 꿈은 이것일지 모른다.

멋쟁이 할머니.

2.

고마운 이들에게

마지막이 정말 좋을 거야

대학에 합격하고 기숙사는 떨어지고, 지낼 친척 집도 없던 나는 한 교회 학사관에서 서울살이를 시작했다.

어느 날, 반주 준비를 하는데 담임 목사님께서 따뜻하게 말씀하셨다.

"아람아, 너는 마지막이 정~말 좋을 거야."

처음엔 그 말이 무슨 뜻인지 몰랐다. 왜 나에게 그런 말씀을 하셨을까. 해답은 곧 이어진 설교 말씀 속에 있었다. '마지막이 좋은 사람, 끝이 좋은 인생' 그것이야말로 엄청난 극찬이라는 것. 시작은 누구나 화려할 수 있지만, 끝까지 좋아지려면 무수히 많은 견딤과 노력이 필요하다는 것. 그 한마디에 얼마나 큰 응원이 담겨 있는지를 나는 나이를 먹을수록, 살아갈수록 더 깊이 깨닫는다.

그 시절, 나는 내 상황이나 고민, 노력이나 포부를 말한 적도 없었고, 교회에서 하는 일이라고는 반주뿐이었다. 꿈을 마음 속에만 품고 있던 평범한 학생 반주자였다. 그런 나에게 건내주신 목사님의 말씀은 내 존재를 알아주는 문장이 되었고, 지금은 나를 살아가게 하는 문장이 되었다.

　나는 마지막이 좋은 사람이다.

선생님 정말 훌륭해요

레슨 선생님과 학부모로 인연을 맺어 이제는 어른 친구로 서로의 삶을 응원하는 분이 있다. 그분은 매번 이렇게 말씀하신다.

"나는 선생님이 정말 자랑스럽고 훌륭해요."

훌륭한 두 따님을 키워내셨고, 주변에 훌륭한 분들이 많은 분이지만, 언제나 나를 기특하게 여기며 변함없는 응원을 쏟아 부어 주신다. 스무 살 무렵 따님의 레슨을 위해 찾아뵈었을 뿐인데, 그때도 식사와 살림까지 챙겨 주셨다. 레슨이 끝난 후에도 인연을 소중히 이어주셨고, 지금까지도 나를 지켜봐 주신다.

평생 들을 '훌륭하다'라는 말을, 그분을 통해 다 들었다. 그 말씀이 진심이라는 것을 뼈저리게 경험하게 해 주신 고마운 분이다.

제가 그런 만큼
걱정을 할

나의 어른 친구 한 분은 내 삶과 이 책의 이야기에 증인이 되어 주신 분이다. 첫 책 원고를 마무리하던 날, 그분을 찾아뵙고 이렇게 부탁드렸다.

"혹시라도 제가 교만해질 것 같거든, 교만의 냄새가 조금이라도 나거든 꼭 한 대 때려주세요. 제발 부탁드려요. 다른 사람의 시선을 못 알아차릴 것 같고, 주의나 경고도 못 들을 것 같으니까, 친구님이 한 대만 때려주시면 정신이 번쩍 들 것 같습니다."

돌아온 대답은 뜻밖이었다.

"제가 그런 걱정을 할 만큼, 정말 잘 되셨으면 좋겠습니다. 잘 되셔야죠."

그 말에 순간 말문이 막혔다. 도대체 얼마나 나를 응원해 주시기에, 얼마나 나를 믿어주시기에 이런 말씀을 하실까. 그리고 마음속 깊이 울컥했다. 내가 허투루 살아오지 않았음을,

231

삶의 단편이 아니라 전체를 보고 나를 믿어주시는 분이 있다
는 사실에 감사해서.

팬입니다 문피님

2022년 보라쇼 진행 이후, 오랜 시간 동안 긴 관심과 응원을 쏟아부어 주고 계시는 분이 있다. 바로 큰별 선생님, 최태성 작가.

도서에 더해진 곡과 연주, 보라쇼를 향한 애정과 정성을 알아봐 주셨고, 지금은 내 뮤지션 삶을 열정적으로, 적극적으로 응원해 주시는 분이다. 보라쇼를 통해 만난 축복 같은 인연이자, 그 자체로 큰 선물인 분.

피아니스트라 불리기에는 여전히 부족한 나에게 큰별 선생님은 '문아람 피아니스트'를 줄여 '문피'라는 호칭을 붙여주셨다. 그리고 주저 없이 내 꿈에 투자해 주신 큰별 선생님의 그랜드 피아노와 함께 꿈길을 걷고 있다. 피아노가 없다는 상황을 들으시고는 "피아노 없이 꿈길을 어떻게 걸으시나요"라며 건네주신 선물, 선생님께 큰 사랑의 빚을 안고 산다.

무엇보다 누군가가 나를 응원하고 적극 지지해 준다는 사실이 주는 용기였다. 큰별 선생님과 마주 앉아 이야기를 나누면서 배운 따뜻한 격려와 응원은 눈에 보이는 그 어떤 물질보다도 큰 가르침이자 힘이었다.

"선생님, 제가 이걸 갚을 수 있을까요? 어떻게 갚으면 될까요?"라는 물음에 돌아온 대답은 이랬다.

"문피님께서 끝까지 활동을 이어 가시고, 멋지게 꿈을 이뤄 가시면 됩니다."

그 말씀대로 지금 내 꿈길의 밤하늘에는 가장 크고 밝은 별이 길잡이가 되어주고 있다.

진행도　　　일품이었어요
연주도

보라쇼는 내가 준비하고 진행하는 무대이기도 하지만, 그 무엇보다도 독자가 주인공이 되고 작가가 주인공이 되는 무대다. 매회 다른 작가, 다른 독자와 함께하기에 늘 새롭고 언제나 첫 무대 같은 마음으로 임하게 된다.

특히 작가와 함께 토크쇼 형식으로 무대에 서게 될 때면, 마치 새로운 임무를 부여받은 듯 신선하고 즐겁다. 단순히 음악만 준비하는 게 아니라, 책으로 깊숙이 들어가 인터뷰 질문을 준비하고, 책을 파헤치며 작가를 더 깊이 만나고, 때로는 책 속 인물까지 가까이에서 만나는 듯한 경험을 한다. 아티스트가 아니라 진짜 '보라의 뮤즈'가 된 듯한 기분. 음악 없이 오직 책만으로 작가와 독자를 만나는 장면은 내겐 더없이 영광스러운 순간이다.

그렇게 만났던 많은 작가 중, 차인표 작가의 말씀이 내 꿈 길의 오아시스가 되어 주었다.

"책을 직접 읽고 준비해 주신 질문, 그리고 오프닝 공연과 진행에 많은 정성을 다해 주신 것이 느껴졌습니다."

그리고 보라쇼가 끝난 뒤, 손수 남겨주신 한마디.

"진행도, 연주도 일품이었어요."

참 다행이었다. 괜찮았다니 다행이고, 누가 되지 않아 다행이고, 내 역할을 해냈다니 다행이었다. 그리고 감사했다. 알아주지 않아도 무대에 오를 수 있다는 사실만으로도 이미 큰 축복인데, 내 정성을 알아주는 분이 있다는 건 또 다른 감사였다. 마치 '이 일을 계속해도 된다'라는 사인처럼.

2024년 11월, 차인표 작가의 보라쇼 이후 나는 또 하나의 선물을 받았다. 2025년 4월부터 차인표 작가의 북콘서트 팀에 합류하게 된 것이다. 오래도록 품어왔던 꿈, '대한민국 곳곳의 다양한 공연장 무대에 오르는 일'을 차인표 작가가 이루어 주고 계신다. 공연기획자, 강연 연출자, 피아니스트, 진행자로 전국 무대에 서며 꿈길이 확장되는 엄청난 시간을 차인표 작가님께 선물 받으며 살아가고 있다.

보라지앵과 　　　　영원한
　　　보라 팀원의 　　　　응원

이제는 나보다 먼저 대산 홀(교보문고 공연장)에 도착해 보라쇼를 기다려 주시는 분들이 계신다. 언제나 같은 자리에서 변함없이 응원해 주시는 분들, 공연이 끝나면 잊지 않고 대기실까지 찾아와 칭찬과 걱정을 함께 나눠 주시는 분들이 있기에 나는 무대에 오를 힘과 용기를 얻는다.

　아무리 만족스러운 무대를 만들어도, 나는 그 만족감을 그날로 흘려보내려 애쓴다. 잊고 다시 처음처럼 떨림과 긴장으로 다음 무대에 오르기 위해서다. 하지만 이분들의 응원이 없다면 보라쇼 무대에 오르는 일은 절대 쉽지 않았을 것이다.

　특히 보라지앵님 중 한 분이 전해 주신 말씀은 지금도 마음에 깊이 새겨져 있다.

　"오래오래 건강하시고, 오래오래 보라와 함께해 주세요."

　이보다 더 큰 극찬이 있을까.

　보라쇼를 함께 만드는 보라 팀원들, 무대 온도를 높여주시는 보라지앵님들, 그리고 함께해 주시는 작가와 출판 관계자들. 바로 이 모든 분이 계시기에 보라쇼가 있고, 오늘의 내가 있다.

나의 평생 동반자들

내가 가장 좋아하고, 가장 편안하게 여기는 존재가 있다. 세상에서 나를 가장 잘 알고, 과묵하고 말이 없으며, 언제나 내가 하는 말을 묵묵히 들어주는 존재. 책을 들 힘조차 나지 않을 때도 가만히 나를 안아주고 받아주는 존재. 바로 피아노다. 검은색 몸체는 늘 든든한 보디가드 같고, 무대에서는 동반자이자 동료이자 친구이며, 때로는 선생님이 된다. 평생 같은 무대에서 함께할 동료가 있다는 것은 얼마나 큰 행운인가.

피아노와 함께 나를 지켜준 또 다른 존재들이 있다. 바로 내 마음 밭에 와서 스스로 뿌리내리고 자라 준 문장들이다. 사람의 입에서 나왔지만, 이제는 내 것이 되어 나의 꿈길을 지켜주는 단단한 지킴이가 된 문장들. 제대로 영양제를 준 적도, 물을 제때 준 적도 없는데, 내가 돌보지 않아도 묵묵히 존재해 준 문장들. 몇 번의 계절을 함께 지나며, 어떤 날씨에도 견디면서 나의 시절을 함께 걸어 준 문장들이다.

문장이 내게 버틸 힘이 되어 준 것은, 그 문장을 건네준 분들의 진심 덕분이었다. 바람도 조건도 없는 말, 높아 보이고 싶어 던진 조언이 아니라, 가르치려는 말이 아니라, 오직 나라는 '존재 자체'를 응원해 준 말들이었기에 가능했다. 그래서 미사여구도, 어려운 지식도 필요하지 않았다. 단순한 한마디가 나를 살렸고, 지금도 살게 하고 있다.

그저 평범하게 살아가는 청년에게 대가 없이 건네주고 심어준 용기. 내가 화분이라면, 사람들이 심어 준 그 씨앗이 아름다운 열매를 맺을 수 있도록 더 열심히 키워야 하지 않을까. 피아노라는 든든한 동반자와 함께, 그리고 마음속 깊이 뿌리내린 소중한 문장들과 함께 앞으로도 계속 걸어가고 싶다.

그날 이후 하루, 이틀, 일 년, 그 후로도 오랫동안

하루하루를 더 살면서 나고단 씨는 깨달았다.

이 세상에 쓸모없는 인간은 단 한 명도 없었다.

인간은 모두가 실타래처럼 얽히고설켜 있었던 것이다.

한 줄만 끊어져도 풀려버리는 실타래처럼 모두가

똑같이 소중했다. 다만 그 사실을 자꾸 잊어버리기

때문에, 서로 거듭 알려 줘야만 했다. 우리가 얼마나

소중한 존재인지, 살아있는 자가 얼마나 용기 있는

자인지. 결국 부대끼며, 의지하고, 부둥켜안고,

위로하며 끝까지 살아야 하기에 우리는 서로가

필요했다. 휴식은 할 수 있지만 중단해서는 안 되는 것,

그것이 인간의 삶이기에.

차인표, 《그들의 하루》, 사유와공감, p.297

나고단 씨의 깨달음을 마주하며 제 삶을 돌아봤어요.

나는 무엇에 감사하며 사는가, 서로라는 관계를 어떻게

소중히 여기는가.

당연한 것들에 대해 당연하지 않은 고민을 했어요.

저에게 '서로'가 되어 준 나고단 씨에게 고마웠어요.

또
다
른
초
대
장

당신의 무대를
기다립니다

꿈꾸는 대로

삶이라는 무대에
건네는 꿈의 초대장

지금 당신이 서 있는 곳은 어디인가요?

바로 그 자리가 무대의 시작입니다.

가정도 무대가 되고, 학교나 직장도 무대가 되며,

잠시 걷는 길 위에도 무대는 펼쳐집니다.

중요한 건 내가 어떻게 바라보느냐입니다.

무대라 여긴다면 무대가 되고,

무대가 아니라고 여긴다면 무대는 존재하지 않습니다.

그리고 꼭 기억할 것이 하나 있습니다.

무대에서 반드시 주인공이 되어야만 빛나는 건

아니라는 사실입니다.

주인으로 살아가며 무대를 정리하고 가꾸고, 누군가를 초대해

대접하고, 때로는 다른 이를 주인공으로 세워주는 것.

그것 또한 무대의 주인에게 주어진 소중한 역할입니다.

혹시 타인의 무대가 부러우신가요?

그렇다면 그 부러움을 힘으로 삼아

여러분의 무대를 만들기 시작하세요.

머릿속에서만 맴돌고 있나요?

그렇다면 작은 행동부터 옮겨보세요.

앞이 캄캄하고 두려우신가요?

그렇다면 그 두려움마저 내 것으로 만드세요.

지금 이 순간, 당신이 존재하는 바로 그 자리가

무대의 출발점입니다.

무대는 이미 시작되었고 마지막 장면은

결국 여러분이 스스로 장식하게 될 것입니다.

저 역시 여전히 부족합니다.

하지만 부족해서 더 배우고 익히려 합니다.

저는 여전히 연약합니다. 하지만 연약하기에 부딪혀봅니다.

때로는 다치고 넘어지더라도 다시 일어섭니다.

저도 여전히 어렵습니다. 그러나 어려움은 포기할

이유가 아니라 풀어야 할 숙제라 믿습니다.

저는 여전히 느립니다. 하지만 느리다고 멈추지 않습니다.

한 걸음이라도 더 내딛습니다.

내 무대에서 주인으로 살아간다는 건 결코

특별한 일이 아닙니다.

어렵지도, 쉽지도, 대단하지도 않은 그저

'존재하고 겪고 경험하는 일'입니다.

무대에는 정해진 조건도, 정답도 없습니다.

지금 내가 발을 딛고 선 바로 그 자리가

나의 무대이기 때문입니다.

그러니 주인공이 되겠다고 애쓰는 대신,

주인으로서 맡은 역할을 즐기며, 내 무대를 지켜가며,

흔들림 없이 걸어가면 됩니다.

책장을 덮는 지금 이 순간부터,

당신의 무대는 다시 시작될 수 있습니다.

이제는 당신 차례입니다.

당신만의 무대를 가꾸고, 당신만의 초대장을

써 보시길 바랍니다.

당신의 초대장을 기다리며,

문아람

저는 이 책을 자신 있게 추천합니다.

저자를 제법 알고 있기 때문입니다. 세속적으로 말하면 경제적으로 아무것도 없지만, '아무것도 없다'는 말이 왜 상대적인지를 삶으로 증명하는 사람입니다. 어떤 절망 속에서도 푸른 하늘을 그려낼 수 있는 사람입니다.

꿈을 이루고 싶으신가요? 진짜 간절하신가요?

《꿈꾸는 대로》는 당신의 꿈을 현실로 만드는 영감과 용기를 줄 것입니다.

최태성

역사 커뮤니케이터

1년 전, 교보문고의 북뮤직 콘서트 '보라쇼'에 출연하면서 문아람 씨를 처음 만났습니다.

저는 소설을 홍보하러 나온 작가였고, 그녀는 보라쇼의 진행자이자 피아노 연주자였습니다.

북콘서트가 끝난 뒤 장시간 이어진 사인회가 모두 마무리될 때까지, 문아람 씨는 자리를 지키며 행사가 끝까지 잘 진행되도록 세심히 챙겼습니다.

그날, 저를 위해 보라쇼라는 무대를 열고 닫는 그녀의 모습을 보며 문득 생각했습니다.

'본인도 언젠가 이 무대에 작가로 서고 싶지 않을까.'

그 예상은 맞았습니다.

문아람 씨는 지난 수년간 수많은 작가의 무대를 만들어 왔습니다.

그들이 가장 빛날 수 있도록 음악으로, 진행으로, 그리고 진심으로 도와주었습니다. 하지만 거기에 머물지 않았습니다. 자신 또한 그 무대에 오르기 위해 묵묵히 준비해 왔습니다.

이제, 그녀가 자신의 무대에 오를 차례입니다.

모든 예술가는 대중의 선택 한복판에 던져진 존재일지도 모릅니다. 특히 연주자나 연기자에게 무대는 필수이기에, 한정된 공간을 두고 많은 이들이 순서를 기다립니다. 누군가는 기다리다 지쳐 포기하고, 누군가는 운 좋게 선택되어 무대에 오릅니다. 그러나 문아람 씨는 기다리는 대신 '스스로 무대를 만드는 길'을 택했습니다. 다른 이를 위한 무대를, 그리고 자신이 설 무대를 직접 만들어온 것입니다.

많은 사람들이 오지 않을지도 모를 순서를 기다리며 운명에 기대는 동안, 그녀는 꿈이라는 조각배를 타고 운명이라는 파도를 헤치며 무대라는 바다를 향해 나아가고 있습니다.

그래서 그녀가 "누구나 무대에 오를 수 있다는 것을 알리고 싶다"고 말했을 때, 나는 전적으로 그 말에 박수를 보낼 수 있었습니다.

그녀는 자신의 무대를 스스로 만들어 오르는, 보기 드문 사람입니다.

이 책을 읽는 모든 분이 문아람 씨처럼 자신의 무대를 만들어갈 용기와 단서를 찾게 되기를 바라며, 《꿈꾸는 대로》를 이 시대의 젊은 독자들께 추천합니다.

차인표

배우, 소설가